Desencuentros

ALFAGUARA

Edmundo Paz Soldán

Desencuentros

ALFAGUARA

© 2004, Edmundo Paz Soldán
Las máscaras de la nada: © Edmundo Paz Soldán 2004 (primera edición: 1990;
segunda edición: 1996).
Desapariciones: © Edmundo Paz Soldán 2004 (primera edición: 1994)
© De esta edición:
2004, Santillana USA Publishing Company, Inc.
2105 NW 86th Avenue
Miami, FL 33122
Teléfono:(305) 591-9522
www.alfaguara.net

Alfaguara es un sello editorial del Grupo Santillana.
Éstas son sus sedes:

- Grupo Santillana de Ediciones, S.A.
  Torrelaguna 60-28043, Madrid, España.
- Aguilar, Altea, Taurus, Alfaguara, S.A. de C.V.
  Av. Universidad 767, Col. del Valle, México, 03100, D.F.
- Aguilar, Altea, Taurus, Alfaguara, S. A.
  Beazley 3860, 1437, Buenos Aires, Argentina.
- Aguilar Chilena de Ediciones, Ltda.
  Dr. Aníbal Ariztía 1444, Providencia, Santiago de Chile.
- Distribuidora y Editora Aguilar, Altea, Taurus, Alfaguara, S.A.
  Calle 80 Núm. 10-23, Santafé de Bogotá, Colombia.
- Editorial Santillana Inc.
  P.O. Box 19-5462, San Juan, Puerto Rico, 00919.
- Santillana de Ediciones S.A.
  Avenida Arce 2333, La Paz, Bolivia.
- Editorial Santillana, S.A. (ROU)
  Javier de Viana 2350, (11200) Montevideo, Uruguay.
- Santillana S.A.
  Prócer Carlos Argüello 228, Asunción, Paraguay.

ISBN: 1-58986-890-0

Diseño de cubierta: Cristina Hiraldo/electronic pre-press, inc.
Fotografía de cubierta: Stockbyte
Fotografía del autor: ©Tamra Paz Soldán
Primera edición: octubre de 2004
Impreso en Colombia
por Panamericana Formas e Impresos S.A.

A la mayor parte de mi todo:
mis padres, Raúl y Lucy;
mis hermanos, Patzy, Marcelo y Roxana

"I'm a writer, Wade said. "I'm supposed to understand what makes people tick. I don't understand one damn thing about anybody."

RAYMOND CHANDLER,
The Long Goodbye

Índice

Las máscaras de la nada

Primera parte

Tercera parte

Desapariciones

Primera parte

Segunda parte

Las máscaras de la nada

Primera parte

Ellos

A Néstor Avila, al padre Joaquín

Cuando ellos nacieron, el país ya había sido fundado. No tuvieron que erigir sus construcciones en lugares inhóspitos, no tuvieron que enfrentar cruentas cargas de caballería entre cordilleras y quebradas; sin embargo, el tiempo que les tocó vivir fue tan azaroso como aquél de los albores de la creación, tan incierto como aquél en el que germinó la declaración de la independencia. Forzados a tratar de entender un país incomprensible, en un mundo que les era adverso e indescifrable, abandonaron con prisa la ingenuidad. Viven ahora en territorios que antes les eran vedados, conocen la corrupción, la mediocridad y el fracaso; saben que la droga y el cataclismo nuclear no son abstracciones, y han olvidado en recónditos parajes los cuentos infantiles, las peripecias del amor romántico, la pureza de acciones e ideales.

La clepsidra, el reloj de arena, el cuarzo, señalarán en su decurso el tiempo de la sucesión: entonces, ellos heredarán el país; heredarán sus exiguos triunfos, sus perpetuas adversidades, sus remotas nostalgias, sus ilusiones perdidas, sus cotidianas mezquindades. Si tratan de desconocer este futuro, renegar de él como se reniega de ciertos equívocos, padecerán la suerte de sus predecesores: la responsabilidad, hoy para ellos nada más que una trivial palabra, los abrumará sin compasión alguna, sobrepasará las fuerzas de las que puedan disponer. Ellos, que hoy son futuro, mañana serán presente.

La madre

Allá están ellos: desde aquí no puedo distinguir con claridad sus facciones. Tal vez alguno esté dibujando una sonrisa, tal vez alguno tenga su mirada fija en mi mirada. Nunca sabré qué están pensando ahora, por donde divaga su imaginación en este instante sin prisa.

La tarde se apaga en el horizonte, el cielo sin el azul que conocí en otros días. Recuerdo a mi madre y sus consejos, tan distantes y a la vez tan cercanos; recuerdo también sus presagios, de los cuales siempre me burlé: entonces yo no era el que soy ahora. Ella, quizá adivinaba al que yo sería.

Alguien profiere una orden y ellos disparan. Siento finos dardos clavándose en mi pecho, dilacerando mis carnes, disipando mi vida. Mis manos amarradas se crispan, mi cuerpo resbala exánime junto al poste.

El día sigue su curso y poco a poco me olvida.

La fuga

El 8 de junio de 1987, a las cuatro y cuarto de la tarde, en el penal de San Sebastián, Cochabamba, Bolivia, se produjo la fuga de Remigio Pedraza, oficial de guardia.

Veintisiete de abril

Era el cumpleaños de Pablo Andrés y decidí obsequiarle la cabeza de Daniel, perfumada y envuelta con elegancia en lustroso papel café. Supuse que le agradaría porque, como casi todo buen hermano menor, odiaba a Daniel y no soportaba ni sus ínfulas ni sus cotidianos reproches.

Sin embargo, apenas tuvo entre sus manos mi regalo, Pablo Andrés se sobresaltó, comenzó a temblar y a sollozar preso de un ataque de histeria. La fiesta se suspendió, los invitados nos quedamos sin probar la torta, alguien dijo son cosas de niños, y yo pasé la tarde encerrado en mi dormitorio, castigado y sintiéndome incomprendido.

Un domingo perfecto

Tres autos-bomba estallaron en Madrid, dejando un saldo de 14 personas muertas y 9 heridas.

En Perú, el grupo terrorista "Sendero Luminoso" intensificó sus acciones de violencia, que ya han provocado 16.000 muertos desde su aparición en 1980.

Ante la perspectiva de un acuerdo Este-Oeste para retirar de Europa los misiles de corto y mediano alcance, los ministros de defensa de la OTAN acordaron perfeccionar e incrementar las fuerzas y armamentos convencionales.

Tropas de Sri-Lanka irrumpieron en los bastiones separatistas tamiles de Jaffa y Uddupidy, provocando más de mil bajas en la población.

Una multitud asistió a las exequias del Premier Libanés asesinado, Rashid Karami.

La OMS informó que el SIDA ya ha alcanzado proporciones pandémicas, que son 50.571 los casos oficialmente registrados y que la enfermedad se ha detectado en 111 países, siendo Estados Unidos el poseedor del 69.5% del total mundial.

Las potencias industrializadas de Occidente y Japón anunciaron, al término de la Cumbre de Venecia, menores perspectivas de crecimiento para las naciones endeudadas del Sur, precios en baja de sus materias primas y mermas en sus posibilidades de hacer frente a la deuda que las acosa, pero les ofrecieron sólo una reiteración del Plan Baker y algunas medidas adicionales de escasa importancia.

Gustavo Urquidi dejó el periódico a un lado de la cama y deslizó su mirada por los amplios ventanales de su habitación. El cielo estaba completamente despejado. Era un domingo perfecto. Sonrió: podría ir al fútbol con su abuelo, y luego, al anochecer, visitaría a Cecilia. Pasaría un agradable momento con ella, conversando y escuchando música.

Un día cualquiera

Al alba, observando el horizonte surcado por franjas anaranjadas preludiando el día, el hombre de rostro impasible comprendió que había llegado la jornada irrevocable; comprendió que antes del anochecer acabaría con el otro hombre de rostro impasible, el que se creía en secreto capaz de un destino mejor, el que no cesaba de hacerle reproches a la divinidad.

Hizo sus labores de rutina con pulcritud: desayunó en la apacible soledad del amanecer, fue a su oficina y trabajó sin cesar hasta el mediodía, retornó a su casa y, después de un almuerzo fugaz con su esposa y sus dos hijas, volvió a su oficina; toda la tarde despachó expedientes, firmó actas, selló formularios con inigualado fervor. Finalizó su tarea exhausto.

Murió al atardecer, sin agonía.

La transformación

Empuñó el instrumento con precisión, observó nuevamente aquel temeroso semblante, apretó los labios y, poco a poco, su brazo trazó un arco en el aire hasta que la hoja afilada rasgó aquella piel morena, blanda como un jabón. Observó la hendidura, la sangre escurriéndose en hilillos viscosos, y contuvo una exclamación. "Me estoy volviendo hombre –pensó–. Me estoy volviendo hombre."

Después de algunos segundos de duda, repitió la operación: el brazo volvió a describir en el aire una línea curvada, la hoja de acero volvió a hendir con violencia aquella carne irritada, ardorosa como una lengua de fuego. Observó aquellas facciones laceradas por el dolor, aquella mirada incolora y nerviosa, y sintió que lo peor había pasado. "Por fin lo hice –pensó–. Me estoy volviendo hombre."

Escuchó un rumor de bisagras enmohecidas, dirigió la mirada hacia la puerta y encontró la delgada y furiosa silueta de su padre, las palabras que sumergían su cuerpo en un pozo sin fondo; entonces, olvidando el dolor y con la vergüenza adherida a su piel como un emplasto humillante, dejó caer la máquina de afeitar.

La familia

¡Soy inocente, yo no maté a mi padre! –exclamó mi hermano, desesperado, apenas escuchó la sentencia. Me acerqué a él, intenté infundirle ánimo, le dije que yo le creía (y era verdad: tenía la certeza de que no mentía), pero mis palabras eran vanas: su nuevo destino estaba sellado. Apoyó su cabeza en mi pecho, lloró.

Fui a visitarlo todos los sábados por la tarde, durante veintisiete años, hasta que falleció. En el velorio, al mirar su precario ataúd desprovisto de coronas y recordatorios, sentí por primera vez el peso amargo del remordimiento.

El encargo

Solicitaron sus servicios para eliminar a una persona por quien sentía un aprecio particular. Enfundado en su vasto silencio y esbozando un leve gesto de duda, recibió el adelanto convenido. Como siempre, no preguntó los porqué, aunque esta vez le hubiera gustado hacerlo.

Por la noche, fue a un sórdido bar a tres cuadras de su departamento. Allá se encontró con Carlos, un amigo lo suficientemente lejano como para desconocer su oficio. Bebió, conversó, cantó con él hasta rayar el alba; antes de despedirse brindó por la salud de su víctima, y luego, sin explicaciones para Carlos, lloró.

Despertó al mediodía en la penumbra de su habitación, sumergido en su camastro con las ropas aún puestas y el crepitar de un incendio en la cabeza. Una ducha con agua helada lo reanimó por completo. Se despidió de Mariel, su esposa, y fue a cumplir el encargo.

Trató de disipar los vestigios de escrúpulo que aún le sobrevenían; luego, los ojos entrecerrados por la angustia, disparó. Al ver el rostro desencajado de su víctima, las comisuras de sus labios se contrajeron en desgarrada mueca de impotencia: yacía frente al espejo del baño, exánime. Mariel se había convertido en una hermosa y joven viuda.

Las líneas

Cuando las primeras luces del día comienzan a atravesar las ventanas de su *atelier*, Federico, sin sueño aún, constata que sólo le faltan tres líneas para finalizar. Tres líneas blancas, y luego podrá dormir en el camastro plagado de cuadros y botellas vacías. Una línea blanca sobre la mesa gris, una línea blanca en diagonal sobre uno de los mosaicos azules, y la última, la más difícil, dividiendo en dos la mancha negra del veneno para ratas.

Federico piensa que, después de todo, ha sido una noche provechosa: Karina se había ido a las tres y media, luego de posar cinco horas para él; quiso quedarse a dormir, pero él resistió a la tentación: necesitaba, antes de la llegada del día, algunas horas en soledad. Y piensa que esas horas no han sido vanas: como todas las madrugadas en el *atelier*, se ha encontrado a sí mismo.

Antes de iniciar el final, Federico toma un vaso de vodka y recuerda a Van Gogh: ah, Van Gogh. Algún día. Luego, se sube a la mesa gris, se inclina sobre ella y comienza a aspirar la primera línea blanca.

Desapariciones

Cuando llegó a su departamento, una nota lo enteró de que su mujer se había marchado con sus dos hijos. Pensó: por ella no me preocupo, no faltará quién la ayude. Y por ellos, tampoco: ya saben todo lo que tienen que saber.

Después, cuando no halló sus ahorros acumulados en veintinueve tenaces, pacientes años, pensó en suicidarse. No encontró su revólver. Ella lo necesitará más que yo, pensó. Decidió arrojarse del balcón. Pero el balcón había, también, desaparecido, y con él la calle y los autos que iban y venían, la gente que cruzaba las aceras y los otros edificios y el cielo que a veces era de un azul vibrante y otras de tormenta.

Decidió no hacerse de tantos problemas y encendió el televisor.

Carnaval

Fui invitado a un baile de disfraces. Decidí disfrazarme de mí mismo, así que me saqué la máscara que uso habitualmente cuando salgo a la calle, voy al trabajo o a visitar a mi novia, departo con mis amigos o me quedo en casa con mi familia.

La fiesta estuvo aburrida y los disfraces carecieron de originalidad: todos tuvieron mi idea.

Lógica

Alguien ha disparado: el eco del pistoletazo aún resuena en mis oídos: alguien ha recibido un disparo: los gritos de sorpresa y dolor aún perduran en mí.

Yo no he sido el que ha disparado. Yo no he sido el que ha recibido el disparo.

Ergo: no ha sucedido nada.

La fe y las montañas

El domingo por la tarde, el Tunari se desplazó algunos kilómetros hacia el sur y el San Pedro se acercó, lenta pero perceptiblemente, hacia el centro de la ciudad, ambos levantando inmensas cortinas de polvo que impidieron la visibilidad por el resto del día.

De nada sirvió. El lunes a la madrugada, mi madre murió.

Historia de Adolfo

De los casos más extravagantes de desdoblamiento de la personalidad que conozco, citaré el de Adolfo Molinari, citado a su vez por Antonio Paredes Candia en su décimo tomo de *Tradiciones y Leyendas de Bolivia*, página 426. Sucedió en Cochabamba, a fines del siglo pasado.

Adolfo se casó a los 27 años. Un año después, simultáneamente, se convirtió en viudo y padre de un niño de penetrantes ojos claros. Hasta los 58 años llevó una tediosa vida de funcionario público (se especula que esa habría sido la causa que originó su mal) y luego, de improviso, renunció a su trabajo y no se lo vio más: trancó las puertas y ventanas de su casa y no volvió a salir de ella. Aunque muchos dudaban, otros lo sabían recluido entre aquellas cuatro paredes, silencioso, presente de algún modo en la vida sin matices de fin de siglo.

Tres años después, su hijo, que había llevado una vida errante, apareció muerto en la colina más alta de la ciudad, crucificado. Los buscadores del culpable llegaron a su casa y, ante la ausencia de respuesta, forzaron la puerta. No lo hallaron (y no lo hallarían, y nadie más volvería a verlo, aunque algunos dicen que no ha muerto, que está aquí todavía); encontraron, en cambio, algunos objetos extraños, y guiándose por anotaciones en un papel arrugado que quizá servía de ayudamemoria, descifraron sus usos: una brújula desvencijada para "agitarla tres veces y producir tormentas, cuatro veces para terremotos", un martillo para "introducirlo en un balde y lograr sequías, colocarlo bajo la cama para iniciar guerras, ponerlo sobre un armario para finalizar guerras", un dardo de hierro oxidado para "arrojarlo a la pared y conseguir hambrunas, al techo para deponer presidentes, dormir con él para iniciar democracias", un vaso de porcelana para "tomar agua de él y hacer aumentar la burocracia, alcohol puro para la creación de fascismos, ron para impedir intervenciones norteamericanas y soviéticas, whisky para aumentar el deseo de los hombres por las mujeres de sus prójimos", y así, sucesivamente, con 67 objetos más.

Encontraron, también, un evangelio inconcluso del cual, casi un siglo después, las comisiones encargadas de la verificación de su autenticidad o falsedad no han emitido opinión alguna.

La partida

Febriles, ardorosos, los ajedrecistas se obstinan en una batalla sin tregua, plagada de estallidos de sangre y, a veces, de sutilezas. El que lleva las fichas blancas posee la iniciativa, domina el centro y las columnas claves, manipula los hilos del enfrentamiento. El otro, el de las fichas negras, sabe desde la tercera o cuarta jugada la inexorable derrota; sin embargo, juega con visible placer: faltan muchas horas para la inclinación de su rey. Acaso en el tiempo que le resta descubra, viva algunas jugadas hermosas, acaso algunas combinaciones lo exalten, acaso descifre alguna de las infinitas, imprevisibles claves del juego.

Último deseo

–¿Cuál es tu último deseo? –preguntó el oficial.
–No quiero morir.
–Concedido –dijo el oficial–. Suelten al prisionero.

De vigilias y sueños

Durante treinta y dos años sus sueños han poseído la capacidad de anticiparse a la realidad. Familiares que mueren, amigos que desaparecen y mujeres que se le entregan sin pudor, han sucedido horas después del sueño, nada disímiles, plagiados con intolerable, obscena precisión.

Una noche sueña su muerte plácida, exenta de sufrimiento. Angustiado, espera el desenlace. Una semana después, nada ha ocurrido; entonces, vuelve a soñar su muerte plácida, vuelve a esperar el desenlace. Nada ocurre.

Obsesivo, recurrente, ya despojado de originalidad, el sueño se repite durante veintiséis días. Nada sucede. Se vislumbra inmortal. Por esa razón, y también por el retorno de la monotonía a su vida, decide asaltar un banco.

El siguiente lunes por la tarde, lleva a cabo su plan. El disparo de un policía, entre ceja y ceja, lo doblega al suelo. Muere al instante.

Las cartas perdidas

Soy el encargado de correos del país de las cartas perdidas. Aquí llegan cartas de Bangkok, Ulan Bator, Tarija, Morazán, Nairobi. Antes, las leía casi todas. Me entretenían, me ayudaban a vencer el hastío.

Ahora, ya no. Todas, en el fondo, dicen lo mismo, disfrazan con palabras diferentes, nombres diferentes, lugares diferentes las mismas situaciones, los mismos hechos. Aburren.

La fiesta

Llegaste a tu casa a las tres de la madrugada y te encontraste con una fiesta de disfraces. Tú no la habías organizado y no sabías quién podía haberlo hecho porque vivías solo, así que te apoderaste de un sentimiento de extrañeza y con él te dirigiste, sucesivamente, a un arlequín, a una prostituta de maquillaje excesivo, a un pirata con un loro en el hombro derecho. Nadie te dio razones, nadie parecía conocerte. Creíste que lo mejor era dormir para así poder despertar y comenzar de nuevo, pero en tu cama dos payasos hacían el amor. El cuarto de invitados estaba cerrado por dentro, del baño salían febriles gemidos, en la sala de estar parejas semidesnudas se emborrachaban: no tenías dónde ir. Abriste una botella de cerveza y decidiste participar en la fiesta. Bailaste, besaste, te besaron.

Se fueron aproximadamente a las seis. Ninguno se despidió de ti. Te dirigiste a tu cama pero no pudiste llegar a ella: exhausto, te desplomaste en el pasillo y te quedaste a dormir allí, enredado en serpentinas, un vaso vacío en la mano.

Retrato de mujer
mirando a la bandera

Ella estaba sentada, cruzando el pasillo, en la misma fila en la que yo me hallaba, con el rostro hacia la ventana, la mirada fija en una descolorida bandera de Bolivia, un trapo sucio y viejo azotado tenazmente por el viento. Dude antes de hacerlo, pero el viaje prometía aburrimiento de modo que me acerqué a ella y me senté en el asiento de al lado. Ella percibió mi presencia pero no dejó de mirar a la bandera.

—Interesante vista —dije.

—Me recuerda a mi esposo —dijo—. Murió en la guerra del Pacífico, defendiendo a la patria.

La guerra del Pacífico ocurrió hace 109 años, y ella no aparentaba más de veinte. Es muy probable que no quiera conversar conmigo, pensé.

—Las guerras son trágicas —dije; ¿qué más podía decirle? Todas las frases que me cercaban eran diferentes versiones de la misma falta de originalidad.

—Lo sé. También en una de ellas perdí a mi hermano. En la guerra del Chaco.

Sonreí y me di por vencido. La guerra del Chaco había finalizado hace cuarenta y tres años.

—Bueno —dije, incorporándome—. Me llamo Rodolfo. Soy su compañero de viaje y estoy sentado al otro lado del pasillo.

Ella me miró por primera vez.

—Rodolfo... —susurró, sorprendida—; el nombre de mi esposo. Rodolfo...

Su voz poseía todas las cualidades de la tristeza, su rostro carecía de mentiras; enfrenté su mirada por un momento, sin saber qué decirle, y luego hice un gesto que denunciaba comprensión y volví a mi asiento.

Cuando el tren comenzó a moverse, mis ojos la buscaron y encontraron su cuello pálido girando desesperadamente en la fría mañana de invierno. Adiviné su mirada aún no desprendida de la bandera, del trapo sucio y viejo azotado tenazmente por el viento.

Mi hermano y yo

Hace más de tres horas que estamos esperando que el semáforo cambie de rojo a verde y nos permita el paso. Entretanto, una fila sinfín se ha ido formando detrás nuestro. Yo ya he perdido la paciencia pero evito comentarios o sugerencias: sé que no me va a escuchar, que su ridículo apego a la ley le va a impedir cruzar el semáforo por más que le diga que lo más probable es que se haya arruinado. Y sé que no querrá dejar su auto aquí, su más valiosa posesión.

Podría irme y abandonarlo, pero no conozco esta ciudad y me perdería sin demora. Podría llamar al servicio de reparaciones desde el teléfono público de la esquina, y así obtener una posibilidad de acortar la espera, pero por alguna extraña razón prefiero que a alguno de la fila se le ocurra la misma idea y lo haga.

Los dos nos hallamos en silencio: yo no sé de que hablarle, imagino que a él le sucede lo mismo. Siempre ha sido así. El cassette de U-2 ya lo he escuchado cuatro veces. Trato de distraerme pensando en Cira. Qué estará haciendo, qué estará soñando, si se acordará de mí.

Los hermanos Karamazov, página 877

El 4 de julio de 1962 Gonzalo Velasco fue arrestado y conducido al penal de San Sebastián; una semana después, supo el motivo: su caso llevaba el rótulo de "violación". El no recordaba haber cometido ningún acto de ese tipo, no recordaba siquiera haber besado o tocado a alguna mujer desde sus diecisiete años, allá por 1950; pero muchos días de los últimos meses los había pasado borracho, y de esos días extensas porciones habían sido olvidadas por el alcohol, de modo que todo era posible y si ellos se lo decían no podían, no debían estar equivocados. Aceptó su culpa sin indagar en pormenores: prefirió la ignorancia, que atenuaba en algo, pensó, su corrupción.

Tampoco dijo nada cuando le informaron que su juicio se llevaría a cabo el 7 de marzo de 1993: sabía de la crisis económica de su país, sabía de la imposibilidad del reclutamiento de personal para la Corte Suprema, de mejoras en su eficiencia. Pensó que la espera lo ayudaría a concluir algunas obsesiones: la lectura de las obras completas de William Faulkner, Fedor Dostoievski y Jorge Luis Borges.

El 10 de octubre de 1988, en la página 877 de *Los hermanos Karamazov*, un violento, sorpresivo ataque cardiaco lo hizo morir.

La espera

Como todos los domingos, mi padre me dijo que iría a pescar y regresaría al atardecer y yo le creí; mi madre me dijo que iría a visitar a mi abuela y yo le creí; mi hermana habló de una excursión al Tunari con su novio y tampoco dudé.

Han pasado cuatro años y empiezo a sospechar que no volverán. Me he quedado sin teléfono y sin electricidad, imagino que por falta de pago, y no me gusta leer. Mis provisiones se han agotado y cada vez me es más difícil encontrar ratones o gusanos.

Y tampoco puedo salir de esta casa: me es intolerable la idea de que en el momento en que lo haga ellos regresen y volvamos a desencontrarnos. Así que me dedico a esperar sin hacer nada de la mejor manera posible.

Un pasatiempo sin sentido

Es curioso que después de vivir juntos durante más de seis años él siga preguntándome mi nombre con inusitada frecuencia. Puedo buscar razones, pensar en la versión opuesta de Irineo Funes, sospechar un atroz descuido hacia mis respuestas, hacia todo lo que yo le digo (porque, lo he comprendido, no sólo olvida mi nombre) cuando nos encontramos en el almuerzo, en la cena, a veces en el desayuno: nada de eso evitará la molestia, el pertinaz desdén con que le responderé.

A veces razono que lo mejor es acabar con esta farsa, liberarme de su desinterés. Pero luego recuerdo que es mi único amigo y me resigno a no perderlo. Al menos me he prometido, para no hastiarme de mis respuestas, a manera de secreta venganza, de pasatiempo sin sentido, no responderle dos veces con el mismo nombre.

Sé, sin embargo, que esta situación es temporal: algún día agotaré los nombres que conozco y deberé elegir entre romper mi promesa o perder su amistad. Sé, también, que preferiré la soledad a ser infiel a mí mismo. Todo lo sé, lo sé muy bien, pero no puedo eludir el miedo a la llegada de aquel día. Por eso, como desesperado recurso, como solución tampoco definitiva, he dejado mi trabajo para dedicarme por completo a la búsqueda, a la recolección de nuevos nombres que me permitan atrasar el ineludible final.

Apogeo y decadencia del teatro

En esa época el teatro se había vuelto tan popular
que todos actuaban en todas partes, sin importarles la
ausencia de un argumento coherente, de disfraces adecua-
dos, sin importarles nada de nada. Los actores profesionales, que veían, consternados, la invasión de su territorio,
decidieron hacer una huelga de hambre hasta las últimas
consecuencias si no cesaba ese atropello. El Presidente
fue a hablar con ellos, les dijo que tenían razón y les ase-
guró que dictaría un decreto prohibiendo, bajo pena de
muerte, la actuación sin permiso oficial. Cuando lo
hizo, nadie le creyó (era obvio, él también estaba actuando), pero todos comenzaron a actuar como si le hubieran creído, y este nuevo papel, el de ciudadanos sumisos
a la ley, le dio a él la idea de un papel original, el de presidente fiel a sus decretos. Y, uno por uno, los hizo arres-
tar y los condenó a la horca o a la guillotina o al paredón
de fusilamiento. Los soldados que cumplieron sus órdenes gracias a un audaz papel de fieles defensores de la ley,
sufrieron remordimientos en masa (o acaso haya sido
otra actuación) al darse cuenta del exterminio cometido,
y decidieron el éxodo, el abandono del escenario de sus
atrocidades.

Los actores profesionales recuperaron la dignidad de su trabajo, pero su felicidad se trocó en tristeza al descubrir que se habían quedado sin público. Sin embargo, siguieron actuando todos los viernes y sábados y domingos en la noche ante el teatro vacío; de vez en cuando, percibían en la platea la figura solitaria y taciturna del presidente, que no gustaba de sus obras pero actuaba como si le gustaran.

Anaheim, California

La nueva, polémica atracción de Disneylandia, inaugurada hace tres meses, se ha convertido ya en el eje, la principal fascinación de la diaria, interminable concurrencia. Se trata de un laberinto gigante que promete perder a todos los que se aventuren a entrar por sus pasadizos de un metro de ancho, de paredes grisáceas de tres metros de altura, en las que se encuentra una profusión de espejos de diversos tamaños, de diversos reflejos, de trampas diversas. Los osados no son escasos: el promedio alcanza a 1.123 por día.

41 personas han encontrado la salida en sus 91 días de actividad; 102.152 se hallan todavía perdidas, de las cuales, se conjetura, los muertos son más. El perfume de frutilla diseminado en derredor del laberinto no alcanza a esconder el olor de la carne en descomposición.

Los pavorosos gritos de los sobrevivientes colaboran en la ambientación del espectáculo. El presidente de la compañía ha anunciado la imposibilidad de rescatarlos: nadie del personal se anima a ingresar al laberinto; por otro lado, clama su inocencia: en el reverso del ticket de entrada existe una frase que indica que la empresa no se hace responsable por ningún objeto perdido en Disneylandia.

Diversos grupos de presión han iniciado una campaña, que en su punto más sobresaliente pide el boicot de todo lo que se halle relacionado con Disneylandia. El gobernador de California ha amenazado con revocar el permiso de funcionamiento del parque. El presidente de los Estados Unidos ha hablado de una posible intervención federal. Mientras tanto la concurrencia no disminuye, hace interminables filas desde la madrugada, bajo lluvia o sol violento, ansiosa de realidad, de un poco de vida en sus vidas.

Barnes

En la celda en la que había sido encerrado, Barnes pensó que todo era una equivocación y que se aferraría a la verdad con altivez. Pero después, cuando lo llevaron a un cuarto oscuro y le enfocaron los ojos con un poderoso reflector y se inició el interrogatorio, cuando lo acusaron de asesinar al presidente, pensó en su mediocridad, en la atroz insignificancia de su vida, y dijo, sintiendo por primera vez el peso orgulloso y fútil de la importancia, que sí, que él había asesinado al presidente. Después lo acusaron de haber colocado la bomba que mató a 287 soldados en el Regimiento Tarapacá, y lo único que hizo fue reírse con desprecio y aceptar el cargo. Luego, sin vacilaciones, confesó del sabotaje al gasoducto, que había dejado a Bolivia en la inanidad económica, del incendio que había consumido el 92% de los parques forestales cochabambinos, de los cuatro aviones del LAB que habían explotado en pleno vuelo, de la violación de la hija del embajador norteamericano en La Paz. Luego le dijeron que lo fusilarían al amanecer del día siguiente. Y él dijo que estaba de acuerdo, que un hombre como él no merecía vivir.

Simulacros

A los siete años, Weiser descubrió que le repugnaba el colegio y, sin dudas, lo abandonó; sin embargo, para no contrariar a su madre (desde la muerte de su padre, él, hijo único, era la cifra de las esperanzas de ella), continuó levantándose en la madrugada, enfundándose en el uniforme obligatorio, saliendo en dirección al colegio, regresando al mediodía y hablando sin pudor de exámenes y profesores. De vez en cuando, para mantener la farsa, debió recurrir a la falsificación de notas de elogio por parte de la dirección y libretas pletóricas de excelentes calificaciones; debió recurrir a ex compañeros, que iban a su casa ciertas tardes a ayudarlo a simular que hacía las tareas. Ella confiaba en él; acaso por ello no se molestó en ir al colegio y averiguar por cuenta propia de las mejoras de su hijo, ni sospechó de la ausencia de reuniones de padres de familia y kermeses a las que de todos modos no hubiera ido. Siguió puntual, pagando las pensiones el primero de cada mes, entregándole el dinero a su hijo, quien, solícito, se ofrecía a librarla de la molestia de tener que ir hasta el colegio.

Todo persistió sin variantes hasta el día de la graduación, en el que Weiser debió pretextar un súbito, punzante dolor en la espalda que lo confinó a la cama; su madre, preocupada por él, se alegró al saber que no irían a la ceremonia: no conocía a ningún profesor, a ninguno de los sacerdotes que regían el colegio, a ninguno de los padres de los compañeros de su hijo, se hubiera sentido una extraña. Al día siguiente, no pudo evitar las lágrimas al contemplar el diploma que Weiser había falsificado con descarada perfección, y pensó que ningún sacrificio era vano, su hijo iría a la universidad. Y Weiser, mientras le decía que estudiaría medicina, pensó que le esperaban seis arduos, tensos años.

Pero no fueron ni arduos ni tensos debido a su continuo progreso en el arte del simulacro. El día de la graduación fue el más difícil de sortear: debió recurrir a 43 amigos para que hicieran de compañeros suyos, contratar 16 actores para que hicieran de cuerpo académico (profesores, decano, rector), alquilar el salón de actos de la Casa de la Cultura para realizar en él la ceremonia en el preciso momento en que la verdadera ceremonia se realizaba en el Aula Magna de la Universidad. Y ella, su madre, lloró abrazada a él.

Después abrió un falso consultorio de médico general, en el que pasaba las tardes de tres a siete examinando pacientes falsos, contratados por temor a ser descubierto por su madre en una de sus repentinas, frecuentes, inesperadas visitas. Pero no se sentía perdiendo el tiempo: el consultorio le daba un aura de respetabilidad, una fachada necesaria para mantener en el anonimato su verdadera vocación, aquella que le había permitido acumular una portentosa riqueza, la vocación de falsificador.

Nueve años después, ya con una falsa especialización en neurocirugía, su madre acudió un día a su consultorio quejándose de insoportables dolores de cabeza;

él la revisó y dictaminó que los dolores eran pasajeros, no revestidos de gravedad. Ella murió dos meses después. El médico forense dictaminó que la muerte se había debido a un cáncer no tratado a tiempo. Weiser no se sintió culpable en ningún momento: recordando el trayecto de su vida desde los siete años, pensó que ella, sólo ella era la culpable de esta muerte acaso evitable.

Austria 2037, 8-D

Todos los días, después de las seis de la tarde, me recostaba en la cama de mi dormitorio y procuraba concentrarme en la lectura, el único atractivo de mi inerte adolescencia; diversas circunstancias me impedían hacerlo por completo: además de tener por padres a una más de esas parejas de insulsas, perpetuas discusiones sin motivo, no podía dejar de pensar en mi hermana recibiendo a su pareja de turno en el living, Vania a los quince años, todavía inocente, ya hermosa, ya una excesiva tentación.

Vivíamos ocho meses en ese departamento cuando nos enteramos de que una pareja de recién casados se había trasladado al departamento vecino; ese hecho, pronto lo supe, sería el que asestaría el golpe final a mis lapsos de tranquilidad: su dormitorio colindaba con el mío, o al menos eso parecía: sus gemidos, sus desgarros de placer y sus frases quebradas eludían con facilidad la pared de hojaldre y llegaban a mí intactos, a caso un poco distorsionados. Entonces, decidí dejar la lectura por algo más creativo, de mayor placer: imaginarlos, tratar de hacer coincidir sus formas en tembloroso movimiento con su murmullo inacabable y desbocado.

Ella se llamaba Melissa y era delgada, de largo pelo rubio, labios sensuales y dotada de una mirada perversa: él se llamaba Miguel y era alto, moreno y jamás abandonaba la seriedad: con ambos me crucé en los pasillos o a la entrada del edificio y compartí viajes tensos en el ascensor, y si bien de ambos recibí miradas obscenas, de descarada provocación, susurros que me ofrecían irlos a visitar, a conversar, a tomar una taza de café, no comprendí en su plenitud lo que podía haber derivado de aquello hasta el momento en que, confundiéndose con sus voces agitadas, descubrí una nueva voz, unos nuevos gemidos, el tono profundamente salvaje de un hombre mayor. Una semana después la tercera voz pertenecía a una mujer que jadeaba con una candencia de experta, y, elaborando una combinación irresistible, explotaba con unos chillidos agudos, desenfrenados, como de niña.

Tres días más tarde escuché, al unísono, las cuatro voces. Enardecido, pensé con frustración en la estupidez de mis diecisiete años, en los insuficientes besos de Carla, en esa única vez en la que empeñé mi reloj a cambio de tres minutos sin olvido.

Esta vez no hubo casualidad, yo busqué el encuentro, espere en la puerta del edificio y cuando llegó aparenté que recién llegaba; en el ascensor, nerviosos, no pude resistir su mirada y bajé la vista al suelo; al despedirnos ella murmuró una vez más, cálida, sugerente, su invitación a tomar una taza de café. Y yo acepté. Hicimos el amor hasta la extenuación y me sentí corrupto pero feliz. Melissa me pidió que volviera al día siguiente a las seis de la tarde.

Así lo hice. Miguel estaba con ella y me sentí un intruso; me hicieron, crueles, una proposición que no acepté; les dije que los miraría y si ganaba confianza y me animaba me uniría a ellos.

En la habitación, mientras los miraba hacer el amor, trataba de no oír las voces de mis padres riñendo a mi hermana, filtradas a través de la pared de hojaldre. Era imposible, los gritos se superponían al murmullo de Melissa y Miguel, imágenes familiares me impedían concentrarme en ellos. El tono profundamente salvaje de mi padre, pensé, inconfundible, acaso un poco distorsionado. Los chillidos agudos de Vania, pensé, desenfrenados, como de niña, inconfundibles, acaso un poco distorsionados. Y mi mirada se extravió y cuando Melissa me llamó le dije que no me molestara por un momento, que necesitaba diez minutos de soledad, tal vez media hora, tal vez más.

El general

Nací cuando el dictador ya había finalizado su obra mayor: el país ya llevaba su nombre, General Ricardo Salvatierra; los nueve departamentos del país también llevaban su nombre, y de la misma manera las noventa y cuatro provincias y las calles y avenidas y autopistas de cada una de las ciudades, y los puentes y las plazas y las estaciones del ferrocarril, y aeropuertos y ríos y montañas y todo aquello digno de tener un nombre en el territorio nacional. Todas las estatuas eran él, y en los libros de historia se aprendía que la batallas de la independencia habían sido ganadas por los generales Arturo y Luis Salvatierra, sus antecesores, nuestros heroicos libertadores, con la colaboración de sus edecanes, un tal Simón Bolívar, un tal Antonio José de Sucre.

Nuestra generación, resignada, debió aprender a vivir en esa maraña de similitudes. En los exámenes, por ejemplo, ya no era necesario aprender los nombres de los ríos: debíamos dibujar su curso, mencionar su extensión y ancho y profundidad. Para reconocer de qué departamento hablaba el profesor debimos volvernos expertos en inflexiones, medios tonos, vocales alargadas, eses susurrantes, tes explosivas o implosivas. Pronto aprendimos a diferenciar entre el departamento General Ricardo

Salvatierra y el departamento General Ricardo Salvatierra. En el fondo no era difícil: sólo era necesario tener oído y una buena dosis de sutileza. Lo difícil fue soportar la convivencia con ese nombre: ¿cómo no recordar cada vez que lo utilizábamos, y no pasaba un minuto sin ello, por un simple proceso de asociación de ideas, las matanzas de Catavi y San Juan, los campos de concentración de Terebinto y Ayo-Ayo? ¿Y las deportaciones en masa y la censura de prensa y la desaparición de opositores al régimen? Imposible no recordar. Imposible.

Es cierto, todo eso terminará este año: el general, acaso acosado por los sentimentalismos de la vejez, ha decidido retirarse después de cuarenta y tres años en el poder y ha convocado a elecciones para noviembre. Sin embargo, sea quien sea el elegido, los nombres no serán cambiados: son nuestra única atracción, nuestra única fuente de ingreso; atraídos por ellos, los turistas nos desbordan día tras día, nos permiten sobrevivir en un país que no produce nada; ¿quién no va a querer conocer un país en el que uno se puede citar en el café General Ricardo Salvatierra de la calle General Ricardo Salvatierra, esquina calle General Ricardo Salvatierra? Ah, ellos se divierten. Nuestra rutina es su laberinto, nuestra angustia su pasatiempo.

La generación de mi hijo vivirá, hasta el día final, con la misma angustia de nuestra generación. La generación del hijo de mi hijo, acaso, vivirá también con esta angustia. Y las generaciones se sucederán y algún día llegará una para la cual pronunciar el nombre del general no le producirá ninguna sensación, ninguna imagen atroz, no será reminiscente de nada. Para ella, sólo para ella escribo estas líneas.

Sombras

A las dos de la madrugada del jueves me recuesto sobre la gastada alfombra gris de mi departamento y observo, a través del ventanal, el edificio de enfrente. Algunas luces se hallan encendidas. Ciertas ventanas dejan escapar el resplandor producido por televisores que se niegan a ser apagados. Por las cortinas entreabiertas del séptimo A se divisa la silueta de Vasconcelos inclinada sobre su escritorio, escribiendo una más de aquellas poesías que hablan de la trampa en que se ha convertido este mundo y de nuestra radical futilidad. Las luces apagadas del octavo me hacen imaginar a la pareja que vive allá como la imaginé la primera vez, como la imagino siempre, haciendo el amor con crueldad y vehemencia, ausentes de inocencia los dos.

De rato en rato me traslado hacia uno de los departamentos del edificio de enfrente y, recostado sobre una alfombra gris, miro hacia aquí, miro al hombre recostado sobre la alfombra gris observando el edificio de enfrente, miro a una sombra observando otras sombras. Y cae sobre mí toda la inmensidad de la ausencia.

Los caminos

Los treinta y siete caminos que salen de la ciudad me llevan a casa. Puedo elegir aquél en el que debo atravesar una ciénaga y un bosque encantado para llegar a ella. Puedo elegir aquél que bordea precipicios pasmosos, o el que se compone únicamente de un puente colgante de balanceo aterrador, o aquél en el que siempre me cruzo, a las tres de la tarde, con la mujer que amaré de por vida y que jamás será mía. En suma, puedo elegir: siempre llegaré a casa.

Pero ésta es una libertad ilusoria: la elección es de forma, de decorado, no de fondo: ¿existe libertad si todos los caminos me encuentran y no hay uno, uno solo que me extravía? Ah, sería de un placer voluptuoso, único, el momento en el que, sabiendo que existen tres o cuatro caminos en los cuales me puedo perder, deba decidir por donde volver a casa. La duda me atraparía, y quizá terminaría confiando al azar mi elección, o quizá no y haría lo posible para extraer de mi razón la decisión perfecta.

No debe descartarse la posibilidad de que por sentirme en desacuerdo con un mundo en el que todos buscan encontrarse, yo me quiera extraviar. Entonces: el gozo que sentiría cuando, al cabo de dos o tres días, mi casa no se divise en el horizonte y estén prontos a arribar una nueva noche con su cortejo de cosas desconocidas, un nuevo día con su cortejo de descubrimientos. El gozo que sentiría.

Las dos ciudades

Debido a la negativa de los cochabambinos a usar su ciudad como set de filmación por espacio de once meses, los productores de la miniserie "Pueblo chico, caldera del diablo" decidieron no escatimar recursos en construir una réplica de Cochabamba, del mismo tamaño que la original. Después de dos años de trabajos ininterrumpidos, la réplica fue concluida con una exactitud que desafiaba a cualquier observador imparcial a discernir cuál de las dos ciudades era en realidad la original. En la nueva ciudad no faltaba nada de la esencia de la ciudad fundada en 1574: caótico urbanismo, deprimente mal gusto, calles de pavimento destrozado, suciedad, pobreza.

La miniserie fue filmada en cuatro meses y el escenario fue abandonado: todo hacía preverle un destino de pueblo fantasma. Sin embargo, su cercanía de Cochabamba (veinte minutos) comenzó a proveerle de visitantes los fines de semana. No se sabe cuando se instalaron en él los primeros habitantes, lo cierto es que apenas iniciado, el flujo no se detuvo: a fines de 1988, Cochabamba se había convertido en una ciudad fantasma. Todos sus habitantes vivían ahora en la ciudad réplica.

¿Por qué los cochabambinos han cambiado su ciudad por una copia exacta, no por algo mejor o peor?

Se han arriesgado un sinfín de explicaciones en busca de la comprensión de dicho fenómeno; una de ellas, acaso la más lógica, conjetura que es muy posible que ellos, con su traslado, hayan logrado la de otro modo imposible reconciliación de dos deseos en perpetuo conflicto en cada ser humano: el deseo de emigrar, de cambiar de rumbo, de buscar nuevos horizontes para sus vidas, y el deseo de quedarse en el lugar donde sus sueños vieron la vida por vez primera, de permanecer hasta el fin en el territorio del principio.

Es muy posible. Pero ésa es una explicación más, no la explicación. Nadie sabe la explicación, nadie la sabrá.

El próximo instante

Durante cuatro horas he estado buscando mi auto en esta playa de estacionamiento. He recorrido fila por fila sin suerte, he revisado auto por auto hasta cerciorarme por completo de mi fracaso. Me niego a pensar en un robo: las soluciones prosaicas no son de mi agrado. Prefiero pensar en una desaparición. No es la primera de esta semana: poco a poco, el mundo se escabulle de mis manos.

Hace tres días encontré un lote baldío en el lugar donde se hallaba mi casa; creía haberme equivocado, pero la dirección en mi carnet de identidad no mentía, y tampoco las fachadas familiares del barrio que habité durante quince años. No quise molestar a los vecinos, no quise agregar un nuevo problema sin solución a los tantos que ya tenían entre manos; me resigné a la pérdida de la casa, pero todavía me horada el corazón la ausencia de mi esposa, de mis dos hijas.

Ayer no encontré el edificio que solía albergar las oficinas de la compañía para la cual trabajaba. Por la noche no encontré el bar en el que se hallaban mis únicos amigos y en el que, de vez en cuando, me emborrachaba para combatir con el olvido los excesos de la realidad. Me niego a pensar en equívocos, confusiones de una mente exhausta. Poco a poco, el mundo se escabulle de mis manos.

No es necesario ser adivino para saber cuál será el siguiente eslabón de la cadena de desapariciones: un día despertaré y no encontraré mi ser en este cuerpo. El cuerpo será habitado por la ausencia. Y en ese instante, acaso el próximo, se agotarán mis palabras y sobrevendrá el silencio.

La clase

Aunque a primera impresión lo parezca, con mis piernas cruzadas bajo el pupitre y mis ojos distraídos yendo del profesor al pizarrón y luego hacia la ventana, yo no estoy en esta clase. Me he alejado de ella desde el momento en que traspuse el umbral y me senté en el lugar acostumbrado. La primera impresión, al igual que las demás, es siempre mentirosa.

Mis compañeros tampoco están en esta clase. Aunque parecerían hallarse tomando notas sobre la toma de Constantinopla por los turcos, atentos y con el ceño fruncido, a mí no me engañan. Yo los conozco muy bien, y sé que ninguno de ellos está aquí.

El profesor tampoco está en esta clase. Habla sin la rutina a la que nos tiene acostumbrados, habla con pasión, con énfasis, con demasiado énfasis, como si verdaderamente le interesara la toma de Constantinopla, como si su forzada exageración pudiera ser capaz de convencernos de que sí, es cierto, él está aquí. Al contrario: el énfasis, la exageración son la prueba más convincente de que él no está aquí.

Este salón está vacío. Y en él ronda ese olor a muerte que posee toda ausencia.

Navidad

Ella, que era la dueña de casa y había sido encargada de la invitación, supo desde el primer instante, cuando lo vio cruzar el umbral de la puerta de entrada y acercarse a ella y abrazarla, que él no era uno de los treinta y siete miembros de la familia invitados para la cena de Navidad. Los conocía a todos al detalle, incluso a los parientes que no vivían ni en la ciudad ni en el país, de modo que descartaba un olvido, una confusión, un arribo imprevisto. No, él, con su rostro serio y ausente, con una mirada que entremezclaba tristeza y soledad, no era de la familia. Sin embargo, nadie más que ella se dio cuenta, o quizás todos se dieron cuenta pero lo disimularon muy bien cuando se acercó a saludarlos, es que la familia era tan grande que uno jamás podía conocerlos a todos, es que sólo nos reunimos una vez al año.

Ella volvió a la cocina, a terminar de preparar la cena, pero de rato en rato, provista de excusas, retornaba al living para observarlo. Allí estaba él con un vaso de vino blanco en la mano, alejado de los pequeños grupos que se formaban, de las carcajadas estridentes y del bullicio de los niños que corrían de un lado a otro y reclamaban con urgencia la apertura de los regalos. Se acercaba al árbol de Navidad y lo contemplaba; se daba la vuelta y se dirigía hacia los amplios ventanales y se perdía algunos minutos con la mirada a través de ellos; o se apostaba cerca de una esquina y desde allí los contemplaba a todos, su seriedad disuelta a ratos para devolver una sonrisa, acaso un brindis que recorría la habitación de un extremo a otro. Ella observaba con disimulo el terno modesto pero impecable, los refulgentes zapatos negros, la corbata del color exacto para la combinación, el pañuelo que asomaba del bolsillo superior izquierdo del saco. Ella lo observaba pero no encontraba respuestas a sus interrogantes.

A las doce fue servida la cena. Él cenó en silencio, ajeno a las conversaciones en su derredor, y cuando todo concluyó se hizo a un lado porque llegaba el intercambio de regalos y él no tenía nada para ofrecer, nada para recibir. Ella lo observó contemplar el destrozo de los papeles de regalo y la algarabía de los niños con el rostro deshabitado de gestos; tuvo el impulso de acercársele, pero se contuvo.

Después hubo más brindis y conversaciones. A las tres de la mañana vinieron las despedidas y la gente comenzó a irse. Él fue uno de los últimos. Se acercó a ella, que se hallaba en la puerta, le dio un beso en la mejilla, la abrazó, murmuró un felicidades y un gracias y se fue. Ella lo observó caminar una media cuadra al borde de la acera y no pudo controlarse más y gritó, eh, señor, y él se detuvo y se dio la vuelta y ella se le acercó a pasos apresurados y se detuvo a cinco metros de él.

–¿Sí? –dijo él.

Ella lo miró y se quedó en silencio, incapaz de poder construir una frase coherente. Luego dijo:

–No... nada. Nada. Feliz Navidad.

–Feliz Navidad –dijo él. Y se dio la vuelta y se marchó.

Segunda parte

Eterno retorno

Ayer te encontré recostada en la austera cama de nuestra habitación. Como aquella vez hace dos semanas, te hallabas desnuda, tu vestido de terciopelo raso en el piso, tu inefable belleza en su apogeo. De improviso, apenas comencé a oír tus gemidos de placer, atravesó por mi cuerpo una asfixiante sensación de vértigo; luego, mordí con fuerza mis labios al ver tu rostro entregado a tu cuerpo estallando salvajemente en el éxtasis total de dos formas que se funden.

Hacías el amor con otro hombre, como aquella vez. Lleno de ira e impotencia, te disparé como aquella vez.

Desperté bruscamente. Hace dos semanas que todas mis noches son intranquilas.

Sospecha infundada

—No sé si debería decírtelo, pero lo voy a hacer.

—¿Sí, querida?

—Es algo que me ha tenido muy preocupada las últimas semanas. Quizá sea sólo una impresión mía, una idea que se me ha metido en la cabeza.

—Dímela sin dar tantas vueltas. Si en algo te puedo ayudar...

—Bueno, Pablo... he notado que ya no me quieres como antes. ¿No me equivoco, es cierto?

—¿Qué ya no te quiero como antes? No te entiendo, Sofía: no entiendo ni a qué te refieres ni qué te hace pensar eso.

Tranquilízate, Pablo. Me refiero a algunas actitudes que...

No dejé que concluyera su frase. No dejé que el aire continuara su decurso habitual por aquella garganta. No dejé ningún rescoldo de mi presencia en aquel departamento.

Las mujeres son demasiado desconfiadas.

La esposa

Ella le dijo, querido, no te demores demasiado, te voy a estar esperando. El sonrió y le contestó, no te preocupes, querida, voy y vuelvo, regresaré a las diez de la noche.

Pero él no regresó, había decidido cambiar su rutina de los sábados. Se quedó en casa festejando con su esposa el décimo aniversario de su matrimonio, y por la noche hizo el amor con ella hasta que el cansancio y el sueño lo vencieron.

Lluvia en los inviernos de Michigan

Leroy llegó a su casa a las seis de la mañana del sábado, se sacó los zapatos e ingresó de puntillas procurando eludir el ruido. En su habitación, su esposa dormía profundamente; al lado de ella, abrazándola, distinguió un bulto informe. Esperó con la respiración contenida y, una vez que la claridad del día comenzó a ayudarlo desde las ventanas, descubrió que aquel bulto que abrazaba a su mujer era un hombre. Plagado de incertezas, se echó en la cama al lado de ellos, tratando de evitar movimientos bruscos que pudiesen despertarlos. Durmió incómodo, agazapado entre las sábanas, inmóvil.

Despertó a la una de la tarde. El hombre ya no estaba y ella permanecía en el sueño. ¿Qué haría? Pensó en que, apenas despierta, le reprocharía su conducta, pero luego advirtió que él tampoco había cumplido, que le había jurado llegar a las doce y lo había hecho seis horas más tarde, y que si él comenzaba con los reproches ella también haría lo mismo, lo cual los engarzaría en una febril, paroxística discusión que le alteraría la tranquilidad habitual del resto del sábado, y, quizás, también del domingo.

Decidió no decirle nada. Decidió darse una ducha con el agua tan fría como la lluvia en los inviernos de Michigan.

Rememoraciones

Ayer te vi, Valeria. Diecisiete años después del amor y del deseo.

Qué cruel es el tiempo.

Cuento de hadas

Porque siempre creí en los cuentos de hadas, decidí mantenerme virgen a la espera de mi príncipe. Una noche me desperté con un beso: era él; se deslizó en mi lecho e hicimos el amor. Pensé: "se quedará conmigo. Le he entregado mi cuerpo".

A la mañana siguiente, él ya no estaba.

El infierno tan temido

A J. C. Onetti

Cuando le llegó la fotografía, en un sobre con un par de estampillas verdes y sellado en Bahía, cuando vio los cuerpos desnudos y los rostros sudorosos y obscenos, supo que era el comienzo, que habrían más fotografías de ella y de hombres extraños en el devenir de los días. Supo, también, que ella todavía lo amaba y que esa foto era la prueba más palpable de su amor; no podía estar equivocado: ella le había enseñado a leer a Onetti.

Ella lo había traicionado sin dejar de amarlo y se lo dijo. Él no la perdonó y la apartó para siempre con un insulto desvaído, una sonrisa inteligente, un comentario que la mezclaba con todas las demás mujeres. Ella se fue de Cochabamba y dos meses después envió la primera fotografía. Las siguientes, cada vez más obscenas, fueron llegando desde Asunción, Buenos Aires y Santa María, a direcciones diferentes: a su pensión, a un compañero de trabajo, a la madre de su primera esposa. Después su única hija recibió una foto; pero él no haría como Risso, no se suicidaría: esperaba las fotos con alegría más que con temor, cada foto era la certificación de un rito, un elogio al complejo absurdo del amor creado por los hombres.

Sin embargo, las fotos dejaron de llegar. Y él esperó dos años y comprobó que era suficiente; sabía que segunda desgracia, la venganza, era esencialmente menos grave que la primera, la traición, pero también mucho menos soportable; ahora había aprendido que la espera era más intolerable que la venganza, que la traición, que cualquiera de las acciones humanas que poblaban el universo.

Era suficiente. Y se tragó todos los sellos de somníferos de todas las farmacias que conocía.

Desencuentro

La madrugada del 26 de abril de 1968, en un destartalado pero eficaz Ford rojo, Wendell salió de Cochabamba con destino a La Paz, a unos 500 kilómetros de distancia. Iba a casarse.

Al mediodía, bajo una tolerable llovizna, vio el cartel que indicaba el kilómetro 476. "Veinte minutos más —pensó—. Tengo hambre". En el siguiente cartel, en refulgente amarillo, vio el número 477. Luego vio el 346. Una equivocación, pensó. Luego sucesivamente, vio los números 1.048, 27, 5, 216, 728, 183, 8.751. Se detuvo. Una estúpida broma —pensó—. Una estúpida broma". Nervioso, reanudó el camino. Dos horas después, al lado de un cartel con el número 91, volvió a detenerse. Durante la tarde esperaría inútilmente en esa desolada, fría región, algún auto, alguna persona, algo. Al anochecer prosiguió la marcha.

El 30 de abril fue denunciada en una de las comisarías de La Paz la desaparición de Wendell. La búsqueda se inició. Veinte años después, sin haber encontrado pista alguna, la policía declaró cerrado el caso. El 1º mayo de 1988, Lena Tejada, fiel aún pero ya hastiada, colocó un aviso en *Presencia* ofreciendo en venta, sin estrenar, con un leve olor a naftalina, un recatado vestido de novia con el ajuar completo. Pensó: "Todos los hombres son iguales".

Esperando a Verónica

Carlos está sentado en una silla de mimbre en la puerta de su casa, al borde del camino de tierra. Es madrugada, los ojos recorren el horizonte, esperan.

Al mediodía, Alex, su hermano, se aproxima a él.

—No vendrá —dice—. Conozco a las mujeres.

—A ella no la conoces —dice Carlos sin voltear la mirada—. Sé que vendrá. Me dijo que lo haría.

—¿Hasta cuando piensas esperarla?

—No tengo apuro. Si tiene que ser toda la vida, será toda la vida.

—Entonces morirás ahí, sentado como un imbécil —dice Alex, entrando a la casa.

A las dos de la tarde, el cielo comienza a adquirir una tonalidad de plomo. A las cuatro, una silente llovizna cae sobre Cochabamba. A las seis, la llovizna se ha convertido en tormenta. A las seis y cuarto, Carlos entra a la casa arrastrando la silla de mimbre: la ropa le pesa, siente el agua arrastrarse por todas partes de su cuerpo.

"Al menos lo intenté", piensa mientras se desnuda.

Carolina, él y nosotros

Cuando nos preguntó, todos, sin ponernos de acuerdo, le respondimos que sí, que Carolina era muy hermosa, quizá la mujer más hermosa de la ciudad. No podríamos decirle la verdad: él estaba enamorado y ninguno de nosotros quería ser el autor de la desilusión. Un año después se casó con ella y vinieron los hijos y los rumores, y un día él nos hizo otra pregunta y nuevamente todos contestamos de la misma manera, que era imposible, que ella jamás le había sido infiel. Tampoco podíamos decirle la verdad: nosotros éramos todo para él y debíamos evitarle el enterarse de que nos habíamos aprovechado de su estúpida, fea, lujuriosa mujer.

Cuarenta y tres años después, ella murió. En el velorio, mientras él lagrimeaba sin consuelo, nos acercamos a él y nuevamente coincidimos, le dijimos que sentíamos su pérdida, que ella era una persona que valía mucho, que era, utilizando un lugar común, una santa. Y él, sin dejar de llorar, nos respondió a todos más o menos lo mismo, que cuándo se nos acabarían las mentiras, que lo había sabido todo desde el primer instante, que lo había permitido todo porque éramos sus amigos, además no era nuestra culpa, ella hacía tan bien el amor.

Ella

Estoy echado en el sofá de mi departamento, con un vaso de whisky en la mano, escuchando a Beethoven y mirando en la ventana las luces de la noche, cuando ella se me acerca. Primero una parte más de la penumbra y luego un cuerpo y un rostro jamás conocidos. Comienza a besarme, a acariciarme con violencia. Quiero preguntarle su nombre pero no lo hago, temo la irrupción de lo prosaico. Ella se desnuda y me desnuda y hacemos el amor con urgencia, como si alguien nos hubiera concedido un plazo y éste fuera breve. Finalizamos exhaustos.

Ella se viste y nuevamente me ronda la tentación de preguntarle su nombre. Pero me digo que es mejor el misterio, la ausencia de coordenadas que ayuden a fijar el recuerdo. Ella se va sin despedirse. Yo enciendo un cigarrillo.

Kathia

Ella me dijo: "no te puedes perder, es la casa blanca en el condominio La Esperanza; tiene dos pisos, ventanas amplias y la verja es de color café". Es cierto, me fue fácil llegar aquí; pero las cuarenta y tres casas del condominio son blancas, de dos pisos y ventanas amplias y verjas de color café. Cuando recuerdo su belleza y el hecho de que estoy enamorado, pienso que podría ir casa por casa preguntando por ella hasta encontrarla. Pero temo descubrir que existen cuarenta y tres Kathias y prefiero mantenerla, única, en mi recuerdo. Además, es muy probable que ella no sienta nada por mí: me hubiera advertido de las peculiaridades del condominio. Así que enciendo el motor y emprendo el regreso a casa, silbando sin armonía una canción de los Beatles.

Aventura de una noche

Nunca fui partidaria de las aventuras de una noche, pero a él no pude decirle no y lo único que quedó a la mañana siguiente fue una humillante nota de gracias, un número de teléfono y un nombre. Desde entonces lo he llamado al menos una vez por semana y siempre, sin variaciones, su voz me ha respondido desde el contestador automático diciéndome que no está en casa, que deje mi nombre y mi número, que él llamará después. Nunca dejé ni nombre ni número ni mensaje por una mezcla de orgullo y de confianza en encontrarlo a la siguiente llamada. Ahora, ya casada y con un hijo de catorce años, a veces pienso en lo increíble y lo absurdo que es no haberlo encontrado jamás. Quizá ya no viva ahí, me digo, y se haya olvidado de desconectar el contestador; pero me es más absurda la idea de alguien pagando durante quince años para que un teléfono siga funcionando en un apartamento vacío. O quizá no haya desconectado el contestador, lo haya dejado funcionar en el departamento vacío sólo para mí, para torturarme con sutileza porque esa noche no fue la noche que esperaba, por tantas razones. Pero no. Alguien tiene que vivir allí. Él tiene que seguir viviendo allí.

Esté o no en lo cierto, sé que lo seguiré llamando hasta que algún día él me conteste o algo interrumpa para siempre el cada vez más gastado discurrir de mi aliento.

Dolores

A Vladimir Nabokov

El jueves es el único día de la semana en el que mi papá me permite ver televisión hasta tarde, porque sabe que las historias de terror me fascinan y las presentadas por Hitchcock son mis favoritas. Sentados en el sofá, él en pijama y yo en camisón, suspendemos por una hora el diálogo y nos dedicamos a cosas diferentes, yo a regocijarme con los vericuetos del terror en la pantalla, él a asustarse con los regocijos del terror en la pantalla.

Cuando termina el programa hacemos los comentarios de rigor y después el simulacro de despedida; simulacro, porque todas las noches del jueves, sin que haya pasado más de diez minutos en mi cama, él aparece y, tímidamente, me pregunta si puede dormir conmigo y yo, por supuesto, acepto. Cuando lo abrazo puedo sentir el temblor de su cuerpo, el miedo que se niega a abandonarlo y que le impide dormir solo en su habitación después de una historia de Hitchcock. Él oprime con fuerza su cuerpo contra el mío y no tardamos en dormirnos. Es tan hermoso, en la mañana, despertarme antes que él y sentir su calidez y nuestras piernas entrelazadas y escuchar su respiración ronca, arrítmica, y verlo sumido en el sueño con tanta maestría.

Tengo catorce años y ya he oído de padres pervertidos, de hijas pervertidas. Pero en mí no existen dudas: lo mío y lo de él es algo al margen, una cápsula de sublime pureza en un mundo corrupto, un magnífico momento deshabitado de malicia. Y entonces lo acaricio hasta saberlo despierto pese a sus ojos cerrados, y cierro los ojos y siento una mano que se arrastra y encuentra, unos labios que se arrastran y encuentran, y mantengo los ojos cerrados y siento un cuerpo que busca y encuentra, busca y encuentra, busca y encuentra.

Amor imposible

Es el estreno de "Amor imposible", del renombrado dramaturgo nacional Luis DeUrquiza. El teatro Achá se halla colmado de espectadores, que han acompañado el cierre de los dos primeros actos con estruendosas ovaciones. Ahora, en el tercer acto, se aprestan a presenciar el clímax de la obra: Marcos debe besar a Claudia para sellar con ello el imposible amor de dos adolescentes que pertenecen a familias enemigas desde hace cuatro siglos, los Montanar y los Barletto.

En el escenario, Roberto Vásquez, el actor que encarna a Marcos, piensa mientras se acerca a ella, que lo espera en un supuesto claro de un supuesto bosque: "No podré disimular. Apenas nuestros labios se encuentren ella sabrá que este beso no es actuación, que la amo hasta el extravío. Qué curiosa inversión: yo aquí en el escenario diciendo y haciendo cosas que realmente siento, y mirándome un público que en realidad no está interesado en la obra, que está actuando, que se queda en silencio mientras actuamos y aplaude cuando caen las cortinas porque cree que ése es el papel asignado a un público de teatro".

Roberto la besa; ella se da cuenta al instante de la verdad de ese beso y forcejea por liberarse de esos labios que atrapan a los suyos como una araña lo haría con un insecto en su telaraña; cuando lo logra le da un sopapo y sale a pasos largos del escenario, profiriendo maldiciones. Roberto balbucea, el telón cae y los aplausos son una magnífica explosión en la noche. Roberto se abre paso entre las cortinas que forman el telón y se enfrenta al público, que acrecienta la explosión. Con un gesto los hace callar. Y luego comienza a aplaudirlos, primero lentamente, luego con furor. Los aplaude hasta que siente un insoportable dolor en las palmas de las manos. Luego se da la vuelta y se pierde entre las cortinas.

Una cierta nostalgia

La última vez que conversé con mi esposa fue en el último día de nuestra luna de miel, que se limitó a un fin de semana en una sucia habitación de un hotel desastrado, de una estrella, de esos que abundan en esta ciudad. Al día siguiente entré a trabajar de cajero a un supermercado; renuncié a mi anterior trabajo porque el salario que ganaba era insuficiente para dos.

El supermercado se halla a tres horas de viaje. Me levanto a las cinco de la mañana, cuando ella está durmiendo, y cuando regreso, a las once de la noche, ella ya se ha acostado (ser ama de casa es, no creo equivocarme, una ardua labor); mi semana de trabajo también incluye sábados y domingos; las vacaciones no las tomo porque necesito hacer días extra si quiero mantener a mi familia; y mi ética privada me impide fingir enfermedades, fallecimientos de parientes, accidentes oportunos.

Hace siete años que no converso con mi esposa. Lo único que me queda es, en ciertas noches nostálgicas, contemplarla extraviada en su sueño, oír su respiración monocorde, deslizar una caricia audaz que no la despertará. Con mi hija es diferente: acaso mi ausencia de nostalgia se deba a que nunca llegué a hablar con ella, a conocerla. Pronto cumplirá siete años. Me gustaría estar

con ella ese día, regalarle mi presencia, pero un día sin
trabajo y sin paga es un lujo exuberante, vedado para mí.

Quizá cuando ella cumpla quince años las cosas
cambien.

Viernes por la mañana

Como todos los viernes, Raúl, después de despedirse de su esposa, María, se dirige a su estudio jurídico, situado en el tercer piso de uno de esos edificios modernos que han iniciado su proliferación en el centro de la ciudad. Allá, a las once de la mañana, María lo llama y le dice que quiere verlo, que su esposo no está, que ha ido a trabajar a su estudio jurídico y está dispuesta, una vez más, a serle infiel. Y Raúl, que le tiene pavor a la infidelidad pero que no puede decirle no a ella, cierra su oficina y se promete volver en media hora. Como siempre, la media hora se convierte en dos horas, dos horas y media.

Por la noche, cuando regresa exhausto a su casa, María, después de un beso candente, inicia la escena habitual de arrepentimiento y le cuenta que hoy por la mañana, una vez más, le ha sido infiel pero ésta, se halla segura, ha sido la última vez. Y él la perdona admirándole su sinceridad, sabiéndose cobarde, incapaz de hacer lo mismo, de contarle que él también le ha sido infiel hoy por la mañana.

Cuatro años

Apenas nos casamos comenzaron las quejas: que yo no me fijaba en ella, que no le hablaba ni la miraba, que su universo no me interesaba, que ella me era prescindible. Yo la dejé quejarse sin responderle: ésa era la mejor estrategia. Las mujeres siempre andan inventando cosas o exagerándolas, es de necios tomarlas en serio. Un día dejé de oír sus quejas y me regocijé, en silencio, con mi victoria. Eso sucedió hace cuatro años.

Sólo ayer me di cuenta que ella tenía razón, al encontrar bajo su almohada una nota escrita con su letra de vocales temblorosas, en la que me comunicaba que me abandonaba por razones ya conocidas. La nota estaba fechada cuatro años atrás.

Lo bello y lo atroz

A Peter Handke

A las cinco y cuarto de la mañana ella se levantó y comenzó a hacer sus maletas. Desde la cama la vi moverse de un lado a otro con nerviosismo y le pregunté qué era lo que estaba haciendo. "Me voy", me respondió, y yo sentí que el mundo se escabullía de mis manos: nos hallábamos en la cúspide de nuestra relación, nos amábamos con desenfreno y habíamos logrado establecer, en siete años sin peleas, ni siquiera discusiones o conversaciones en voz alta, una sólida amistad, una comprensión que rayaba en lo ideal, un respeto exagerado hacia el otro, un mutuo conocimiento de los abismos más profundos de nuestros seres. Le pregunté el porqué. Me dijo que se iba porque se iba, que no tenía razones, que no quería eludir las respuestas sino que, simplemente, no tenía una. Me pidió que no tratara de comprenderla porque ni siquiera ella se comprendía. Le pregunté, a la manera de alguno de esos personajes que deambulan en las historias de Corín Tellado, si había otro en su vida. Mi pregunta la ofendió: jamás habría otro en su vida, me dijo entre lágrimas, jamás. Le pregunté en qué me había equivocado, si había sucedido algo que la había motivado a tomar esta decisión, si me escondía algo. Me respondió que yo no me había equivocado en nada, que nada raro había sucedido, que no me escondía nada. Le pregunté si me amaba como antes, y en su mirada fija y violenta descubrí la respuesta antes que en sus palabras: me amaba con una desaforada intensidad, me amaba más que antes, su amor era superior a todo lo que hasta ese instante yo entendía por amor. No te vayas, le dije, por favor. No te vayas. Por favor. No me respondió. Nos abrazamos, le sequé las lágrimas, ella secó las mías, y luego le ayudé a terminar de hacer sus maletas.

Son las once de la mañana, hace cinco horas que Kristen se ha ido. No he ido al trabajo y no sé si lo haré por un buen tiempo. Echado en la cama, lo único que hago es mirar su rostro en una foto tomada hace diez días. Mi mano derecha, nerviosa, se crispa sobre el cubrecama. Hace frío.

No he tratado de comprenderla pero, por cierto, no he dejado de hacer suposiciones. Acaso su destino no era amarme y vivir el resto de su vida a mi lado, compartir conmigo lo bello y lo atroz de la vida, crear conmigo un mundo simple y feliz, tan igual al de tantas parejas, tan diferente al de todas las demás parejas. Acaso su destino era más poético: darme tema para que yo pueda escribir una extraña, trágica historia de amor, para que yo pueda dotar al universo de una historia más, para que mi voz haga un intento más por capturar el secreto deslumbrador que flota a la deriva entre las coordenadas del tiempo y el espacio, o, al menos, un destello de ese secreto.

Oh, sí, Kristen: acaso tu destino era ése.

La promesa

Oh, sí, siempre supe cuál era su objetivo final: conocerme por completo, develar uno por uno los misterios de mi ser, adueñarse así de mí. Por eso se convenció de haberse enamorado de mí apenas me conoció. Por eso se casó conmigo, para no separarse de mí y tener más fácil acceso a mis recovecos interiores. Por eso hace lo que hace ahora, las tácticas diversas, las estrategias sutiles.

Pero han pasado treinta y dos años y no ha logrado su objetivo. Porque siempre, cuando está a punto de atrapar al ser que cree mío, lo sorprendo con un nuevo ser, una fachada embriagadora, una máscara inesperada que esconde y hace olvidar a la anterior. Nunca logrará su meta: nunca agotaré los seres que tengo a mi disposición.

¿Hasta cuándo se prolongará este juego? Yo me he prometido abandonarlo apenas su ser se descarrile de la rutina y me sorprenda. Esta promesa me permite afirmar que sólo la muerte podrá separar nuestra unión ausente de amor.

Pilar

Antes de dormir leo una vez más la nota que me dejaste en el bolsillo del pantalón mientras nos despedíamos en la puerta de tu casa. "Conozco mis limitaciones... y sé que no puedo vivir sin ti. Te amo. Pilar." Sí, Pilar, lo sé muy bien: me amas tanto como yo a ti, y sabes que no puedes vivir sin mí así como yo tampoco puedo vivir sin ti. Ésta es una historia de amor feliz y perfecta, de ésas que la literatura rechazaría por increíble, excesivamente ideal, ausente de ella el dolor que es la marca del verdadero amor.

Por eso, porque es tan feliz y perfecta, no puedo aceptar que el tiempo, a veces con sutilezas, a veces con golpes bajos, la corrompa y la deshaga. Porque el tiempo lo corrompe y lo deshace todo, Pilar. Poco a poco la pasión irá extinguiéndose, nuestras fotos se tornarán amarillentas, nuestras notas se irán ajando en billeteras y cajones, nuestras palabras irán gastando su sentido. Más vale un final a tiempo que asistir al espectáculo de la degradación de nuestro amor.

Mañana te dejaré, Pilar.

Después de la ruptura

Ésta es una ciudad muy chica pero después de la ruptura ella y yo nos la hemos ingeniado para vivir sin encontrarnos, porque con las palabras podemos mentir pero no con el encontrarse de nuestras miradas, que siempre ha disipado las dudas; ahora, ninguno quería que se disiparan las dudas, tan orgullosos los dos, tan dispuestos en tornar absurdo el simple y puro juego del amor.

Al comienzo nos encontrábamos con frecuencia, producto de pertenecer a un mismo círculo y frecuentar los mismos lugares. También los amigos comunes, que ansiaban la reconciliación acaso más que nosotros, nos tendieron trampas una y otra vez. Pero era inútil: ella no reconocería la equivocación y pediría perdón, yo no la perdonaría. De todos modos era mejor evitar los encuentros: siempre había en ellos la posibilidad de quiebre de alguno de los dos orgullos, y ni ella quería ser la primera ni yo tampoco.

Rodrigo y los demás

Porque nos amábamos demasiado decidimos separarnos. Era la solución mejor, el desafío necesario para confirmarnos en nuestra pasión sin fin, el conocimiento de una de las bifurcaciones imprescindibles en todo gran amor. Yo comencé con Rodrigo, él comenzó con Verónica. Luego vinieron Pedro, Pablo, Arturo, Luis y de los demás ya no recuerdo los nombres; por él supe de Patricia, Fabiola, Roxana y otros nombres que ya no es menester recordar.

Desde el primer beso de Rodrigo confirmé que lo amaría para siempre. El me contó que le había sucedido lo mismo con Verónica. Pero esta libertad es demasiado conveniente como para ser abandonada, de modo que ya han transcurrido tres años y seguimos separados. Nos vemos de cuando en cuando, por cuestiones de azar; a veces él me llama, a veces yo lo llamo: yo le cuento de mis aventuras, él hace lo mismo. Nos aconsejamos, nos comprendemos, nos damos cada vez más cuenta de que no somos nada el uno sin el otro. Él dice que quisiera conocer a Ricardo, con quien salgo ahora; yo le digo que Marissé es la chica más linda que ha tenido jamás.

Qué calidad, qué estilo para destrozarnos.

Las mentiras

La primera vez que te mentí fue cuando te dije que te amaba. Me miraste a los ojos y me creíste. Qué ingenua que eras. Después vinieron otras mentiras, todas derivadas de esa mi tendencia a decir las cosas que todo el mundo dice, a prometer las cosas que todo el mundo promete, a ser uno más atrapado por el conjuro de las magníficas frases de efecto, esas que de tanto ser usadas ya extraviaron su sentido. O acaso jamás lo tuvieron. Nunca te dejaré de amar. Siempre podrás contar conmigo. Contigo hasta después de la muerte. Esa retórica barata, esas estupideces.

También te mentí el día en que te dije que me quería casar contigo. Tú sabes, uno no ha terminado de pensar y ya la frase está dicha. En fin. Luego vino el matrimonio, luego sí, quisiera tener un hijo tuyo, otra mentira. También hubo esa convencional promesa de fidelidad, claro que sí, jamás se me ocurriría. Por supuesto, puedes confiar ciegamente en mí. Por supuesto, siempre te voy a respetar. Vaya con las palabras, siempre tan fáciles de ser pronunciadas, siempre tan útiles en esa tarea cotidiana de enmascarar la verdad.

Luego comenzaron los rumores. No, no tengo amante, como te atreves a desconfiar de mí. No, no tengo un hijo con otra mujer; si lo único que imagino y deseo y amo eres tú, si en lo único que pienso es en ti, *you were the first to be the last*. Me miraste a los ojos y me creíste. Qué ingenua eras.

Una mañana apareciste envenenada. La policía, con la ayuda del forense, dictaminó suicidio. ¿Me creerías si te dijera que yo no fui? Oh, sí, me creerías. Las cosas que uno cree en nombre del amor, la absurda ceguera, la imbecilidad. Debes reconocer, al menos, que la culpa fue tan tuya como mía.

Es cierto, también te dije que si algo te pasaba yo no podría sobrevivir solo, la vida también terminaría para mí, en menos de dos semanas te seguiría. Pero, ¿es que fuiste realmente capaz de creer esa extravagancia, esa frase de adolescente en la gloria del primer amor? Oh, sí, me miraste a los ojos y me creíste. Fuiste capaz. Ya han pasado ocho años y aquí estoy todavía, escribiendo esta historia. Estoy solo en mi habitación y te extraño demasiado. No sabes la falta que me haces. No sé que hacer sin ti. Bah: nunca aprenderías.

En fin: debo reconocer que te he mentido mucho.

Tercera parte

Dufresne

Cuando llegó el aviso oficial del gobierno, la carta que le daba un plazo de veinticuatro horas para abandonar el país, pensó, exaltado: "Es por mis poesías. No puede ser otra cosa que mis poesías. No puede haber otra razón".

Así se marchó esa noche, feliz e ignorante. Así murió en el destierro, feliz e ignorante.

Erdrich

Con la convicción de haber leído (y entendido) los libros más importantes de la literatura universal, con la convicción de ser capaz de recordar cada frase leída, en prosa o verso, sustancial o no, cada metáfora, cada idea fundamental, cada personaje de cada cuento o novela u obra teatral, cada argumento desde la palabra inicial hasta el esperado o inesperado final, Erdrich concibió la idea de ejecutar un libro que fuera su resumen, que rescatara lo original de cada libro existente en el universo e hiciera prescindible su lectura. Era temerario: sabía de los fracasos de otros que antes de él habían intentado lo mismo.

Tres años le fueron suficientes para finalizar la obra; había elegido el género cuento, en el que creía no hallar los ripios de la novela, la suficiencia del ensayo, la pocas veces transigente oscuridad de la poesía, la necesidad de representación de la obra teatral; en él, existían seis personajes, un crimen y un porqué, tres metáforas y una solución capaz de diversas interpretaciones.

El cuento constaba de catorce líneas.

Avant-Garde

En tiempos de literatura experimental, acaso ningún escritor haya llegado tan lejos como Wilson Fernández, que decidió crear una novela libre de la más mínima influencia de cualquier otro escritor. Escribió la primera versión sin escrúpulo alguno; luego, en busca de la pureza, la sometió a una desaforada corrección que no omitió ninguna palabra ni signo ortográfico; entre otras cosas, suprimió las palabras exento y decurso e inexorable, producto de sus lecturas de Borges; el título, *Si una noche de verano un viajero*, en el que creyó reconocer la influencia de Calvino; la metáfora que iguala al cielo con un mar de tinta, que le pertenecía a Vargas Llosa o a algún otro escritor que había influido a Vargas Llosa; cuatro personajes: uno que se convertía en un monstruoso escarabajo, uno nacido en Ítaca, uno que conocía el infierno mejor que nadie, uno que había matado a su padre y hecho el amor con su madre; diálogos elípticos, que le recordaban a Hemingway; suprimió una ciudad entera llamada Yoknapatawpha.

Desolado, comprobó que el manuscrito de 756 páginas se había reducido a dos frases y cuatro palabras sueltas. Abandonó la idea de la novela, eliminó las cuatro palabras y pensó que aquellas dos frases podrían ser el alentador inicio de un libro de aforismos.

El hombre de las ficciones

Se levanta a las seis de la mañana y, después de una ducha fugaz y un desayuno, lee dos o tres novelas y escribe las respectivas críticas para su columna del día siguiente. Almuerza; luego, se dedica unas tres horas a escribir su nueva novela y bocetos de futuros cuentos, ve una película en video y programas de televisión y lee un poco y luego cena y va al cine y regresa a las doce y ve la película de trasnoche que invariablemente ofrece alguno de los canales. Luego, duerme.

Pero no puede soñar.

Similitud

Puede suceder que Carlos Ugarte escriba una novela que sea considerada como una de las obras maestras de la literatura de todos los tiempos. Puede suceder que, sin que él lo sepa, esa novela ya haya sido escrita unos cien años atrás y que exista en algún lugar del universo sin diferir en ninguna palabra con la escrita por él, ningún signo ortográfico, nada.

Puede suceder que nadie descubra esta novela escrita por Fernando Reyles. Puede suceder que alguien la descubra, pero no la lea. Puede suceder que alguien la descubra, y la lea, pero debido al desconocimiento de la obra de Ugarte no se informe de la similitud. Puede suceder que el que la lea sepa de la obra de Ugarte, y se la envíe por correo, en forma anónima, convencido de haber descubierto un plagio e incapaz de hacerlo público.

Puede suceder que Ugarte reciba la novela y, atraído porque el título coincide con el de la suya, comience a leerla y la termine, sin interrupciones, en dos horas, repitiéndose febrilmente que todo no es más que una broma vulgar, el resultado del ocio de un desatinado. Puede suceder que la encuadernación rústica, las hojas de un desvaído amarillo y quebrantables con facilidad, el olor a moho y el polvillo que se desprende del libro lo convenzan de que no, no es una broma, y acepte, al borde del desquicio, que ha escrito una novela ya escrita, que su novela es prescindible, que él es prescindible.

Todo puede suceder.

Una diversa versión

El gobierno de Bolivia, como parte de su prometida reforma educativa, llamó a concurso para la provisión de un nuevo texto oficial de historia para uso de colegios, universidades, la Cancillería, público en general. Se presentaron veintitrés obras de las cuales el comité seleccionador, compuesto por el Ministro de Educación y destacados intelectuales e historiadores, eligió la realizada por Arturo Mercer, destacando sus "atrevidos, originales postulados y su innovador estilo, en el que se pueden rastrear huellas de Borges y García Márquez". Al ser interrogado acerca del porqué de su voto, el Ministro de Educación afirmó que no sabía si la historia de Mercer era la más fiel a la historia de Bolivia, pero que, en todo caso, era, lejos, la más interesante.

Sin duda, entre los originales postulados se puede citar el hecho de que Bolivia no perdió el mar a consecuencia de la victoria de Chile en la guerra del Pacífico; al contrario, Bolivia ganó la guerra y luego, por consideración hacia la pequeñez geográfica y la escasez de recursos en la que se debatían los chilenos, decidió regalarles el mar y con él el salitre, las minas de cobre, un territorio fértil. La guerra del Chaco, en la que Bolivia fue derrotada por Paraguay, fue una "sutil estratagema para deshacernos de un territorio inservible, carente de riquezas materiales, inútil hasta para los pintores".

Ambas ideas han suscitado controversia y aplausos. Los que no creen en ellas no han podido, todavía, demostrar su falsedad. Por su parte Mercer, un anciano risueño instalado con orgullo en la grupa de la polémica, dice que los que dudan de la veracidad de su historia pueden consultar las fuentes de las que derivan sus principales postulados: *Una nueva historia de Bolivia*, tesis (1939); *El derrumbe de los mitos*, ensayos (1956); *Destrucciones*, fragmentos de filosofía de la historia (1969). Los tres libros han sido escritos por él.

Aventuras críticas

Arturo Quiroga, licenciado en Letras y dedicado a la crítica literaria después de un fracaso exhaustivo en su intento por escribir una novela, recibe del diario en el que trabaja, en sobre cerrado, la última novela de Milan Kundera, la lee y escribe una crítica elogiosa mencionando la belleza del título (*Traficantes de lascivia*), la calidad de su erotismo, el imperdible alegato en pro de un mundo mejor. La crítica es publicada al día siguiente. Dos días después, lee un artículo de Eduardo Gómez, licenciado en Ingeniería civil y dedicado a la crítica literaria después del derrumbe de una represa construida por él; el artículo lo destroza sin piedad, lo acusa de no haber reparado en la grosera equivocación de la editorial *Jonás y la ballena*, de haber leído y criticado una novela de Harold Robbins como si fuera de Kundera. Angustiado, relee la novela y comprueba que, en efecto, pertenece a Robbins. ¿Cómo eludir ahora la hoguera literaria, el merecido fin? Por la noche, vislumbra el artículo salvador: por supuesto, desde la primera frase se había dado cuenta de que Robbins era el autor, lo suyo había sido una trampa tendida hacia los demás críticos, fundada en la convicción de que, en realidad, pocos de ellos leen los libros que tan despectivamente critican: leerían la crítica sin captar la sutil ironía dedicada a ellos, y en los siguientes días publicarían sus respectivas críticas, que no serían otra cosa que el original de Quiroga retocado de disímiles maneras; sólo Gómez había evitado la trampa, sólo él merecía su reconocimiento. Luego, Quiroga pasaría a hacer picadillo a Robbins, mencionando la trivialidad del título, la vulgar pornografía que trataba, sin lograrlo, de disfrazarse de erotismo de altura, el alegato en pro de un mundo mejor plagado de lugares comunes, frases gastadas, carentes de vida. Extasiado, Quiroga escribe el artículo, y logra terminarlo a tiempo para que ingrese a la edición del día siguiente.

Dos días después, José Vallejos, dedicado a la crítica literaria porque el no haber terminado el colegio le impide hacer otra cosa, destroza a Gómez y a Quiroga: él ha escrito la novela, tratando de parodiar al mismo tiempo los estilos de Robbins y Kundera. Un amigo suyo en la imprenta de *Jonás y la ballena* le ha hecho el favor de publicar sus originales con una portada que atribuía la obra a Kundera. Ello comprueba su teoría de la estrechez de perspicacia de los demás críticos.

Tres días después...

En la biblioteca

Desde hace cuatro años que soy director de la Biblioteca Municipal de Cochabamba, la única existente en la ciudad. En estos cuatro años sólo se han prestado cuatro libros, y no es que la gente no venga: al contrario, si bien la lectura ha sido siempre un pasatiempo de pocos, los cochabambinos son dados a ella en exceso. Pero sucede que cuando se acercan a la mesa principal y me encaran con el libro en la mano después de haberlo buscado algunos minutos entre los estantes ordenados con rigor, no puedo evitar pensar que apenas traspase la puerta el libro estará alejado de mi custodia, a merced de peligros sinfín, un café derramado, un niño con las manos enfundadas en mermelada, una lectura literal, un incendio, y entonces elaboro excusas, el alcalde ha reservado este libro, estamos en inventario, la regla de la biblioteca es no prestar libros los primeros martes de cada mes, y ellos las aceptan y se van sonrientes prometiendo un pronto retorno, y esa ausencia de enfado o preguntas y esas sonrisas me desarman y me crean sospechas: quizá los he librado de algo que no querían hacer, quizá quieren leer no por el placer de leer sino porque necesitan una prueba tangible de que no están vacíos, de que la cultura les importa, de que el interior les interesa tanto como las cosas materiales que envenenan el aire de nuestro tiempo.

Sé que la mayoría de mis conciudadanos se halla contenta con mi labor, pero siempre existe la posibilidad de que los descontentos (porque tienen que haber, aunque no me lo demuestren) vayan creciendo en número y cualquier rato pasen a ser mayoría y entonces alguien sugiera mi renuncia. Y yo, que entre mis defectos no cuento ni la flaqueza ni la resignación, me atrincheraré en la biblioteca y continuaré con la custodia de mis libros, absorto en la lectura y a la vez vigilante, esperándolos, esperándolos.

El viento me trae tu nombre

El viento me trae tu nombre, recién publicada novela del prolífico autor nacional Fernando Matienzo, ha suscitado elogios casi unánimes de parte de los interesados en nuestra cultura, y más específicamente en nuestra literatura, que no son pocos. El suplemento *Correo* de *Los Tiempos* le ha dedicado una reseña consagratoria de tres páginas, escrita por su crítico literario estrella, el múltiple Fernando Matienzo. Los suplementos culturales de *Presencia*, *El Diario*, *Última Hora* y *Hoy* también se han excedido en aplausos a través de sus excelentes, comprensibles, minuciosas reseñas firmadas por el acucioso investigador, explorador, arqueólogo, paleontólogo de nuestra literatura, Fernando Matienzo. *El Mundo* de Santa Cruz ha demostrado que el regionalismo del que se acusa a los pobladores de ese departamento es una infundada patraña, al publicar en honor a la novela una separata de dieciséis páginas que la examina casi palabra por palabra, a la manera barthesiana. El autor de dicha examinación, Fernando Matienzo, ha demostrado una vez más su excesiva inteligencia, su desaforada sagacidad.

Pero no todos son elogios para *El viento me trae tu nombre*; la novela ha sido despedazada y sentenciada al olvido, o, algo peor, a los territorios de la mediocridad, por el siempre rebelde, subversivo, original, ya mítico crítico literario de *Opinión*, Fernando Matienzo.

Julián Forget

A los 79 años, Julián Forget ha logrado todo lo que le había sido pronosticado desde el día en que, a los 18 años, publicó su primer cuento en el suplemento literario de *La gaceta del pueblo*, pequeño diario de su ciudad natal, Cochabamba, Bolivia. Desde ese entonces los premios no han cesado de llegar (incluido el elusivo, desconcertante, nunca desdeñable y pocas veces acertado Premio Nóbel), y tampoco los periodistas, que luchan con gallardía para arrancar de su obstinado silencio opiniones que versan sobre el deterioro de la capa de ozono, la errática política exterior norteamericana hacia Latinoamérica, las nuevas travesuras del Ayatollah Khomeini (de vez en cuando, casi fuera de lugar, se resbala alguna pregunta sobre literatura). Críticos, profesores de respetable currículum y diversos interesados publican gruesos volúmenes en los que, con una mezcla de arrogancia, ingenuidad y buena fe, tratan de explicar la clave para entender a Forget, la solución del enigma, el descorrimiento del velo que empaña la cristalina comprensión de sus obras. Ellas, por su parte, ocupan los primeros lugares de ventas tanto en Moscú como en Nueva York, París y Buenos Aires, y miembros de las nuevas generaciones de escritores las reconocen como obras primordiales, influyentes, y la prosa elegante, de adjetivos pulcros, de innumerables y provocativas ideas, plagada de fascinantes historias, pugna por reproducirse, con sus respectivas limitaciones, en las páginas de cada uno de ellos. Roberto Jördí ha dicho con acierto: "La literatura de hoy no es más que una suma de desordenadas notas al pie de página de la obra de Julián Forget. Ya no hay nada más que decir porque Forget lo ha dicho todo. No creo que no haya un solo escritor, hoy, que no sea influido de una manera u otra por él".

Esa verdad, que debería enorgullecer a Forget, es la que causa el abrumador estado de angustia en que se halla, precisamente en el momento de su vida en que debería sentirse más realizado: Forget, que logró forjar un estilo muy personal gracias a una continua lucha contra cualquier tipo de influencias en su obra, no puede escribir sin sentir el opresivo peso de la influencia de Forget. No hay una palabra, una frase escrita por él que no lleve la marca de Forget, y ese monstruo literario que ha creado le impide crear con libertad. Ha intentado utilizar un nuevo vocabulario, renovar sus temas, pero de algún modo el espíritu forgetiano se las ingenia para aparecer en sus páginas y recordarle que se puede librar de todas las influencias pero no de la suya. Sus mayores logros llegan a ser, a lo máximo, parodias de Forget, es decir, continúan atrapados por la red de relaciones elaboradas por ese gigante de la literatura del siglo XX, Julián Forget.

¿Puede un escritor de hoy liberarse de la influencia de Julián Forget? A esa pregunta decisiva está tratando de contestar, a los 79 años, desesperado, pletórico de dudas pero sin perder el sello del verdadero artista, el afán de búsqueda y desafío, Julián Forget.

Un amigo de todos

Ya lo sé, todo ha sido mi culpa: nunca debí haberle dicho a Alex que sus cuentos eran interesantes, que su prosa no tenía nada que envidiarle a la del mejor Borges (que es, nadie lo duda, todo Borges). Pero Alex es tan excelente persona, uno de los pocos que en este pedazo de universo le ha devuelto a la palabra amistad su sentido original, que no es difícil, con él, caer en las trampas de la compasión y minimizar los innumerables defectos y acrecentar la dimensión, la importancia de las escasas virtudes. Algo me conforta: si bien he sido el primero, no he sido el único.

Porque sus cuentos, recopilados en un libro, han encontrado editor (un amigo suyo), han suscitado aplausos por parte de los críticos (los siete que practican esa labor en Cochabamba son, quién no lo sabe, amigos suyos), y la primera edición del libro, de tres mil ejemplares, ya se ha agotado (¿habrá alguien en esta ciudad que no sea amigo de él, que no sea seducido por sus educadas maneras, su sonrisa que atraviesa al mismo tiempo la inocencia y la maravilla y la travesura, su suave voz que no ordena, ni siquiera sugiere, pero a la que es imposible contradecir?). Existen rumores de una segunda edición de diez mil ejemplares, y pronto se publicará su primera novela, *La obscena noche del pájaro*, con la cual dice haber superado "las cumbres de exigencia impuestas por la obra máxima de José Donoso".

Ya lo sé, todo ha sido mi culpa. Debí haberle dicho que no he leído peores cuentos que los suyos, y que su novela es menos interesante y más aburrida que una telenovela argentina. Ahora ya es tarde, por lo menos en cuanto a mí se refiere, y no sé si alguno de sus demás amigos se animará a decírselo. Sin embargo, alguien debe hacerlo para evitar el futuro que se nos ofrece, el de fomentar una mentira, el de seguir llamando literatura a un material ni siquiera digno de ser basura.

Mientras tanto he decidido comprar, sin que él lo sepa, los tres mil ejemplares que se editarán de su novela. A parte de evitar que los demás lean semejante bazofia, sé que eso alegrará mucho a Alex.

Una traducción

No había finalizado la primera frase de la lectura de *Love and Death*, la novela póstuma de Dick Gibson que debía traducir para su publicación en los países de habla hispana, cuando me di cuenta que sucedía algo extraño, fuera de lugar: las palabras utilizadas carecían de vida, eran ajenas por completo a la habitual, devastadora belleza de su prosa. Sin embargo, esa primera frase (*It was a sunny and beautiful day...*) era tan mala que podía tornarse, por uno de esos extravagantes giros de la literatura postmoderna, en una frase de calidad, una refinada ironía, un osado truco estilístico, de modo que justifiqué a Gibson y continué leyendo, hundiéndome irremisiblemente con cada página en las ciénagas de la decepción, hasta terminar la novela furioso, revuelto por el dolor, como dilacerado por estocadas a traición. Esas palabras, esas frases no pertenecían a Gibson; esas imágenes (*the sun, a ball of fire*) tampoco eran suyas; ¿y ese argumento hilvanado a balbuceos y dudas, esa melodramática historia de amor en voz de un policial metafísico, de esos a los que nos había acostumbrado, de esos que urdieron su ya mítica estatura literaria? No, ese no era Dick Gibson; lo sabía yo mejor que nadie porque lo conocía mejor que nadie: después de todo, yo era el traductor de su vasta obra, que incluía 43 novelas, 215 cuentos y 81 ensayos.

¿Cómo traducir *Love and Death*? Decidí seguir el consejo del propio Gibson, que en uno de sus más celebrados párrafos había dictaminado, para siempre, que la fidelidad era la única virtud digna de ser tomada en serio. Decidí ser fiel a Dick Gibson corrigiendo los pasajes en los que él había sido infiel a Dick Gibson. Utilizando las palabras que verdaderamente eran suyas mejoré la belleza de su prosa, es decir, la retorné al estado que nunca debía haber abandonado; suprimí los personajes que no le pertenecían, seres anclados en la inercia, de abusiva simplicidad, y elaboré personajes complejos, de múltiples matices, de enfermizas obsesiones, suyos sin equívoco; transformé el melodramático argumento en una historia de infinitas ramificaciones que desbordaba metafísica, alusiones sutiles e ironía en el más puro estilo gibsoniano; el título lo traduje como *Historia del vigilante que vigila a los vigilantes*, logrando captar con ello el travieso juego de palabras que es una de sus marcas registradas. Cuando terminé mi labor, una lectura sin interrupciones me convenció que el objetivo había sido cumplido, que mi traducción había atrapado al Dick Gibson que yo conocía.

Sé que los puristas me destrozarán con acusaciones de ausencia de humildad y de haber rebasado ampliamente el grado de libertad permitido a todo traductor. Sé que los lectores de Gibson en lengua castellana, que no son pocos, serán visitados por el éxtasis cuando lean su obra póstuma. Ajeno a todo ello, satisfecho conmigo mismo, pasaré los días como los paso ahora, en mi finca en Tiquipaya, traduciendo nuevas obras y leyendo a Italo Calvino, a Nataniel Aguirre, a Franz Tamayo, a Dick Gibson.

Cochabamba

La serie televisiva *Cochabamba*, emitida por canal 3, acaba de cumplir un año en el aire pulverizando récords de audiencia. Este audaz experimento ha demostrado una vez más el espíritu de iniciativa, la originalidad cochabambina: la serie se emite las veinticuatro horas del día, sin comerciales, sin interrupciones de ninguna clase desde el instante de su inicio. Los 423.615 cochabambinos registrados según el censo de 1988 actúan en ella. Si bien algunas escenas son elaboradas, los actores poseen parlamentos ensayados y vestimentas adecuadas, la mayor parte de ellas son espontáneas: los que aparecen en la escena no saben que están siendo filmados. Cámaras apostadas estratégicamente en los lugares más imprevisibles de la ciudad impiden que algo original quede sin testigos, el desfalco de un banco, el soborno a un policía, el encuentro furtivo de dos amantes, un sorpresivo adulterio en un mundo en el que el adulterio ya no es sorpresa, el inicio en la droga de algún dechado de virtudes, la muerte de una golondrina a manos de un sacerdote que practica a escondidas la caza, la pérdida de la virginidad de una adolescente de diecisiete años. Los cochabambinos, gracias a esta serie, se enteran día a día de los deslindes de sus parejas, de los arrebatos de aventura de sus hijos, de las tramas corruptas que se despliegan en los ríos sumergidos de tan respetable ciudad.

Semejante experimento viola las reglas de la convención narrativa: la serie puede prolongarse hasta los confines del tiempo. El director, que morirá, podrá ser reemplazado por algún otro; los cochabambinos, que irán muriendo, podrán ser reemplazados minuciosamente por nuevos cochabambinos; la ciudad podrá cobrar esplendor o decaer pero los escenarios no se agotarán. La envergadura de la empresa ha hecho perder el registro de los detalles: ya nadie sabe quién es el director, quiénes los productores, quiénes los libretistas. Tampoco parece importar. La serie ha cobrado autonomía.

No es aventurado imaginar algún día en el que, entre los escombros de la ciudad ya sin habitantes, haya algún televisor encendido transmitiendo las imágenes de la catástrofe final, el polvo ascendiendo hasta nublar el cielo y luego la nada, nada más que la nada.

La ciudad inexistente

Aunque parezcan desmentirlo sus fulgurantes edificios de paredes espejadas, sus plazuelas pobladas de árboles y estatuas de pulcros caballeros y jinetes de rasgos perfectos, sus calles con nombres reverberantes en la historia, su cinturón de barrios revolcándose en la miseria, ésta es una ciudad inexistente. No existe en ella ni tiendas ni oficinas ni escuelas ni lugares de distracción; ni hay restaurantes, fábricas o librerías. Sus seis millones de habitantes deben trasladarse a ciudades de la periferia, que pueden estar a treinta minutos o seis horas de distancia, para comprar pan o leche o un par de zapatos o el periódico, trabajar o ver una película, ir a la escuela o a la universidad o a alguna biblioteca, encontrarse o perderse en una iglesia, encontrarse o perderse en un motel. Las casas y las calles de esta ciudad conjuran con malicia para esconder la nada con su indiscutible solidez.

¿Para qué, entonces, existe la ciudad inexistente? Para atraparte en el placer de leer una narración, en la pureza ingenua de esperar un clímax, un desenlace, un final, un sentido que justifique la narración. Para que, con la ayuda de su indiscutible solidez, las palabras conjuren entre sí y logren una vez más, una desesperada vez más, esconder la nada.

La obra

Una vez más mis lectores estarán leyendo una de mis obras, esta obra, como si fuera una ficción más, ausentes del hecho de que los escritores, tan arteros, tan basura, nos escudamos en la mentira para decir nuestras verdades. Porque estas líneas van dirigidas a ti, solo a ti, como lo fueron todas mis líneas desde el momento de la separación, cuatro años atrás. Ahora te lo digo sin vueltas, presa del furor de saber que tú también leíste mis obras como si fueran literatura, no entendiste las metáforas, se te escaparon las sutilezas y las indirectas, no escuchaste el grito desgarrado que encerraba cada una de mis palabras, cada uno de mis signos de puntuación.

Sé que vas a leerme pero no sé las razones. Puede ser curiosidad, puede ser exclusivo interés en la literatura (sé que, al menos, la respetas desde el día en que te di a leer *Memorias de Adriano*), puede ser una suerte de homenaje nostálgico (tú, coleccionista de recuerdos) al tiempo en que estuvimos juntos. Sea cual fuere la razón, lo importante, lo imprescindible es que me leas y te enteres, ya que no pudiste hacerlo por cuenta propia, que toda mi obra está escrita pensando en ti, alimentada por la única obsesión digna de ser tomada en cuenta, la del amor.

Por ejemplo, cuando escribí mi ensayo acerca de los agujeros negros, lo hice pensando en que la poderosa fuerza de atracción que ejercen esos cuerpos es igual (o acaso inferior) a la que me tiene entregado a ti, girando a tu derredor sin poder huir de tu influjo. En mi poema *La llama*, imagino que no te has debido dar cuenta, como nadie lo hizo, que el verso "inalterable por el altiplano" en ningún momento se refería a una cualidad de esos pintorescos auquénidos, sino a mi amor que permanece inalterable a pesar de todo. A pesar de todo. Y de mi cuento *José el destripador*, en el que los críticos se han visto sorprendidos por la ausencia de motivos que justifiquen la conversión de José, pacifista desmedido, en criminal desaforado, te puedo aclarar que, por supuesto, no puse el motivo porque te hubieras dado fácil cuenta de mis intenciones, hubiera sido muy obvio y a mí me desagradan las obviedades, sin duda alguna José decide matar a toda mujer que encuentre en su camino porque la mujer que ama lo ha abandonado y cada uno de sus crímenes es una forma de demostrar su amor, de llamar su atención. También te menciono que la frase final de mi novela *La estación del caos*, en la que el personaje principal se enfrenta al viento y exclama con furia: "¡Vete al carajo!" ha sufrido diversas interpretaciones metafísicas, el sentimiento trágico de la vida, la angustia de la existencia, el hastío, pero nadie ha entendido que el viento es una metáfora que te representa, huidiza, imprevisible, y soy yo quien te está mandando al carajo, desahogo de tiempo en tiempo necesario, impotencia de saber que te perdí y de nada sirven mis intentos por recuperarte. En fin: los ejemplos no se me acaban porque tu presencia signa cada una de mis palabras.

Pero ya estoy saturado de tu ineptitud para descifrar mis mensajes. ¡Saturado! De modo que he escrito una poesía que consta de cuatro versos, que los críticos calificarán de enigmática y que dejará perplejos a mis lectores, los hará agotar días y días a la caza de la interpretación. Una poesía que necesitas entender si quieres que te siga amando, porque puedo perdonar la falta de sutileza, la incapacidad para la asociación de ideas, pero no la estupidez. El resumen de mi obra, el sentido de mi vida, las palabras después de las cuales sólo resta el silencio:

Vuelve a mí
Te necesito
Te amo
Vuelve a mí.

El maestro y su discípulo

A Franz Kafka

Hacia fines de julio de 1989, en el sanatorio Wiener Wald, situado a 67 kilómetros al sudoeste de Viena, Joseph Krentz escribió la última línea de la obra a la que había dedicado su vida y supo que podía morir en paz. Los últimos días había pugnado con ardor, preso de una fiebre exorbitante y un pavoroso dolor en la laringe, donde se hallaba situado el cáncer, por no dejarse vencer. Lo había logrado: después de 63 tenaces años había develado las claves para entender a aquel otro hombre de Praga llamado Franz Kafka. Recordaba con nitidez aquella mañana lluviosa de su adolescencia cuando, arrebujado entre las sábanas de su cama, leyó las primeras líneas de *La metamorfosis* y se encontró con la Revelación. Quien entendía a Kafka entendería el siglo. Lo había logrado. La muerte ya no le importaba: hace tres meses que su enfermedad lo había recluido aquí, a esperarla, y en esos tres meses él sólo deseó que ella no se apresurara. Ahora podía venir, en cualquier instante, en el próximo instante. Entraría en ella con los ojos abiertos. Como quería Adriano.

Esa tarde, como todas las tardes, recibió la visita de Peter Weiss, su discípulo, su compañero, su único amigo, el hombre que era para él el paradigma de la fidelidad. Después de una conversación que visitó Borges, Canetti y, era obvio, Kafka, sacó de un cajón bajo su cama el manuscrito, 769 páginas plagadas de su letra menuda, inclinada hacia la derecha, ininteligible para todos excepto para Peter, se lo entregó y le pidió que después de su muerte lo destruyera. También le pidió que evitara preguntas porque no habrían respuestas. Weiss tardó algunos minutos en desprenderse del asombro. Cuando lo hizo, su maestro tenía los ojos cerrados: dormía o simulaba dormir. Evitó las preguntas en voz alta pero no pudo evitarlas en su interior, revoloteando sin tregua, yendo hacia el centro de sí mismo, retornando a la superficie y reiniciando el recorrido. Se quedó en la habitación por una hora, con el manuscrito aferrado entre sus manos, observando a través de la ventana el caer sin descanso de la leve nieve arrastrada por un viento leve. Antes de marcharse vio por última vez a su maestro. Todavía dormía, enredado en alguno de aquellos sueños intranquilos que eran su perpetua compañía.

Joseph Krentz murió el 6 de agosto de 1989. El entierro fue sencillo y rápido, acaso en honor a su disgusto por la pompa, acaso porque una feroz nevada obligó a ello. Apenas finalizado, Weiss se dirigió a su casa y, ya en ella, encendió un fuego en la chimenea, colocó en el tocadiscos los conciertos de Brandemburgo, se sirvió un vaso de whisky y se sentó en uno de los sillones del living con el manuscrito en las manos. Le faltaban veinte páginas para finalizar la lectura. La finalizó.

¿Qué haría ahora? ¿Cumpliría el pedido de su maestro, o la silenciosa imploración de todos aquellos diseminados en el universo para quienes la vida sería más pobre sin la lectura de aquel manuscrito? Pero el pedido era una trampa: si Krentz hubiera querido realmente ver destruido el manuscrito, ¿por qué no lo había hecho él mismo? La conclusión era que, en realidad, Krentz no había querido la destrucción del manuscrito. Lo suyo no era más que un atroz juego intelectual, una portentosa paradoja del hombre que amaba las paradojas de Kafka y Kierkegaard y Zenón de Elea: pedir la destrucción proveyendo que él, Peter Weiss, sería incapaz de hacerlo: esas páginas valían la vida del maestro, esas páginas eran el maestro. Krentz, abandonado por su familia, sus amigos, su país, el mundo, había resuelto quedarse solo al final y ser abandonado por lo único que le restaba, el discípulo, el compañero, el amigo; Weiss no quemaría el manuscrito, traicionaría su último deseo, lo traicionaría como lo habían hecho todos antes de él.

Weiss sentía que había sido víctima de una broma formidable, la despedida con altura de su maestro. Ah, el maestro se había reído de todos y ahora se reía de él. Contempló el manuscrito: hubiera dado su vida por escribir una sola de sus líneas. Su lectura lo había transformado, así como antes lo habían transformado conocer a Krentz, conversar con él, convertirse en su discípulo. Se sentía en paz consigo mismo, dueño de la sabiduría que le permitiría comprender las razones profundas de las acciones de los hombres de su tiempo.

¿Qué haría ahora? Podía intentar contestar a la broma con altura, responder a aquella bravuconada intelectual con otra bravuconada, tan arrogante como ella, tan sutil como ella. Pero no. Su maestro no se merecía eso. Haría las cosas con humildad, sería digno de él hasta el fin.

La madrugada del 7 de agosto de 1989 Peter Weiss quemó el manuscrito de Joseph Krentz en el fuego que ardía en la chimenea de su living. Luego se fue a dormir.

El fin

Cuando comenzó su historia Morante ya sabía que, como todos, tenía los días contados. Pero no hubo en él el menor asomo de rebeldía, el fin parecía tan lejano y antes de él se presentarían, sin duda, vericuetos dignos de ser vividos, el despertar del amor y del odio, alguna aventura que entremezclaría emociones y tedios, algún lugar común disfrazado de originalidad, el descubrimiento de la nada.

Pero ya todo eso ha sido vivido y el fin se acerca. Morante ya sabe en qué terminará la historia, su historia, y se siente atrapado, incapaz de escaparse de los confines de una página, deseoso de rebeldía, de acabar con su creador. Si al menos le hubiera tocado en suerte un escritor de la vieja guardia... después de superar todas las pruebas hubiera muerto o se hubiera casado con la heroína, sin ambigüedades la inevitabilidad de la muerte o la continuidad de la vida. El fin, pero un fin digno. Pero con los contemporáneos nunca se sabe. Estaba hastiado de sus continuas experimentaciones, de finales que no parecían finales, historias a las cuales parecía faltarles la última página, conflictos sin resolución, búsqueda de múltiples significados que, acaso, revelaban ausencia de significado, de sentido.

Morante entrará al departamento de Jessica y la encontrará haciendo el amor con Martín, un amigo suyo. ¿Por qué, si Jessica lo amaba? Él debía haberse casado con ella y, en cambio, era obligado a esto. Con los contemporáneos nunca se sabe: siempre forzando a sus personajes a cometer absurdos, a tornar compleja la sencillez. Y luego ni siquiera un acto de honor, unas frases de efecto, unos merecidos disparos a quemarropa, acaso un suicidio. No, nada de eso. ¡Es que todo era tan ridículo! ¡Oh, cómo no hallarse en manos de un escritor menos torcido, menos ansioso de novedades, de sorprender a lectores que ya no se sorprenden de nada!

Morante entró al departamento y supo al instante que algo no era del todo correcto: vasos de whisky a medio consumir en la mesa del living, cigarrillos recién finalizados, la ropa interior de Jessica esparcida por el pasillo que conducía a su habitación. Se dirigió a ella con sigilo y, a medida que se acercaba, comenzó a oír el arrítmico rumor, los gemidos. Ingresó por la puerta entreabierta, encendió la luz y descubrió a Jessica haciendo el amor con Martín. Ellos interrumpieron el acto, lo miraron con asombro, trataron de buscar alguna explicación convincente. Él los miró por un momento y, sin decir una palabra, salió de la habitación. En el ascensor pensó que antes de volver a casa pasaría por el departamento de Pablo a recoger la última novela de Julián Barnes. Sí, sería bueno leer a Barnes por la noche.

Al salir a la calle escuchó algunos truenos. Pronto llovería.

Desapariciones

A Juan Claudio Lechín, por los cafés y las conversaciones en un invierno que no olvido; por los cafés y las conversaciones por venir.

It is impossible to say just what I mean!
But as if a magic lantern threw the nerves in
patterns on a screen:
Would it have been worthwhile
If one, settling a pillow or throwing off a shawl,
And turning toward the window, should say:
"That is not it at all,
That is not what I meant at all."

T.S. ELIOT,
The Love Song of J. Alfred Prufrock

Primera parte

Días de lluvia

Obedeciendo al llamado de su esposa, Marcelo se dirigió a la mesa. El almuerzo acababa de ser servido y ya toda la familia, reunida para celebrar la llegada de unos parientes de México, se hallaba en el comedor, esperándolo. Sentado, Marcelo contempló a través de la ventana empañada los borrosos árboles en el jardín y el sigiloso deslizarse de la lluvia. Algo sucedería, pensó.

Fue al final del Padrenuestro, cuando su madre comenzaba una plegaria de agradecimiento al Señor, que Marcelo se levantó de improviso de la mesa y salió corriendo al jardín. Se dirigió primero hacia los dos frondosos pinos y luego a la piscina vacía y luego retornó hacia los pinos. Sí, pensó, las imágenes de la lluvia y los árboles y la piscina vacía y la hojarasca del jardín eran un excelente inicio para un cuento; sólo era necesario apoderarse de ellas por completo y encontrar las palabras exactas para transfigurarlas en literatura. De pronto, se detuvo: la primera frase había emergido a la superficie. Con lentitud, pronunció: *Los días de lluvia le producían a Mauricio una inevitable sensación de extravío, de desencuentro con el mundo. Se hallaba al borde de la piscina vacía en casa de Silvana, quien, era seguro, miraba desde alguna de las ventanas del segundo piso, con asombro, su imperturbabilidad ante el incesante caer de la lluvia en su rostro y en su cuerpo. Serena sensación de extravío, murmuró Mauricio.*

Después de unos cinco minutos Marcelo retornó hacia la casa. Se hallaba radiante; su instinto no lo había traicionado. Trataría de desarrollar la idea inicial en los próximos días; no sabía con certeza qué era lo que quería expresar ni qué encontraría en su búsqueda, pero eso no le interesaba por ahora. Todo vendría paso a paso.

Su esposa lo esperaba en la puerta con una toalla en la mano. Estás empapado, sécate, dijo ella alcanzándole la toalla. Gracias, dijo él, mirando con fijeza a sus ojos color de barro. Andrea. Se habían casado hace tres meses y él aún se preguntaba por qué lo había hecho. Quizás por gestos como éste, se dijo.

—¿Qué te pasa? —preguntó ella con un tono de molestia—; ¿estás bien?

—Nada. Estoy muy bien. En realidad, muy bien.

—¿Cómo se te ocurre abandonar la mesa en plena acción de gracias?

—Tenía que hacerlo. No había otra.

—¿No podías esperar un rato?

—No. No tenía alternativa.

—A veces me asustas, Marcelo.

—Asustar... eso es —dijo él, terminando de secarse el rostro y volviendo a mirarla con fijeza; después de un momento de silencio, pronunció: *Serena sensación de extravío, murmuró Mauricio. A veces, como ahora, esa sensación lo asustaba y en respuesta pensaba que quizás era necesario de una buena vez por todas cometer el acto que lo liberaría para siempre. Sí, quizás ya era tiempo. Pero, y eso lo sabía muy bien, antes de cometer ese acto debería cometer otro acto, porque el saber que después de él existiría la posibilidad de que Silvana pudiera ser tocada por otro hombre le resultaba sencillamente intolerable.*

En el cementerio

Todos los días, al ir a la universidad por Oak-
wood Road, atravieso una manzana en que se halla el
cementerio de Huntsville. Huntsville es una más de esas
ciudades norteamericanas sin sitio especial, remoto para
su cementerio, está ahí al lado de alguna ruta concurrida,
a cincuenta metros de algún McDonald, a treinta metros
de Kentucky Chicken. Al comienzo, es obvio, existe la
sorpresa, el cementerio improvisa su presencia con talento, perturba con su materialización; sin embargo, poco a
poco, la costumbre retoma las riendas y ya está, no existe
más la perturbación, el cementerio es una parte más del
paisaje, ya no la *parte*, y ya no es necesario conminar la
radio al silencio, desviar el monólogo interior hacia el
descanso eterno de las almas, pobres de ellas, pobres de
nosotros.

Pero hoy por la mañana, cediendo a uno de esos
impulsos a los cuales es fácil hacer caso porque en ellos
no se juega ni la fidelidad a un gran amor ni el destrozo
de la paz interior, me detuve e ingresé al cementerio. Un
año y nueve meses después de haberlo cruzado día tras
día, ahí estaba, caminando a la deriva por senderos de
losetas cuya perfecta geometría invitaba al sosiego y al
aburrimiento. El pasto estaba recién cortado y su verde

vehemente rodeaba las tumbas alineadas con excesivo orden. En la mañana de sol ardiente y caprichosas nubes apuradas, me hallaba solo entre esos pétreos rectángulos adornados por diversas especies de flores. Solo, o al menos eso creía.

Y, de pronto, me di cuenta que no sabía que debía exactamente pensar uno en un cementerio, aunque intuía que el tema debía visitar la trascendencia. ¿Acerca de la muerte? Tan lugar común, tan elemental como pensar en ella en el transcurso de un viaje en avión. ¿O debía uno ahí, tan cerca del polvo y los gusanos, reafirmar con orgullo la fe en la vida, la inmensidad de saberse todavía con aliento, todavía frágil carne y huesos frágiles? Pero ésa también era una asociación fácil, una antítesis demasiado obvia, ya un lugar común más: imposible no pensar en la vida en un cementerio. ¿Y qué de una digresión salida de la nada, un tema inesperado, una intrascendencia? No, imposible; las digresiones no eran más que vanas consolaciones: la originalidad había sido desterrada por completo. Y no pude evitar un estremecimiento al descubrir que estaba viviendo en la era del lugar común, que el *cliché* regía el mundo, y que incluso ese impulso, esa sorpresiva visita al cementerio era un lugar común, un fragmento del omniabarcador *cliché* en que se había convertido la vida. Fue entonces que percibí que no me hallaba solo.

El viejo se hallaba a mi izquierda, en uno de los rincones más alejados del cementerio; sentado sobre una tumba, me daba el rostro pero no me estaba mirando. Decidí, cediendo a un impulso más, acercarme a él. A medida que lo hacía fui descubriendo un raído pantalón café, una raída camisa blanca, un rostro estragado, sin afeitar, una calvicie casi total. Cuando me detuve, a unos dos pasos de él, descubrí que lagrimeaba.

—Lo siento —dije—. Lo siento mucho.

Él demoró en quebrar su silencio, pero lo hizo; sin mirarme, dijo:

—No me diga a mí que lo siente. Yo no soy la persona indicada. Ella no era nada mío... ni siquiera la conocía de vista.

—Perdón. Creí que...

—Me acerqué aquí por los crisantemos. Pude haberme acercado a cualquiera, pero siempre me han fascinado los crisantemos.

Las lágrimas seguían discurriendo por sus mejillas.

—Me imagino lo que usted está pensando —dijo.

—No pienso en nada en especial.

—De todos modos, no es tan raro como parece. Ella murió. ¿Se da cuenta de lo que eso significa? Y no llegué a conocerla. Ni siquiera de vista. No supe cómo era ella, no supe de sus amores, de sus triunfos, de sus fracasos, de sus ilusiones. Qué ropa usaba, qué color prefería, cuál era el tono de su voz, qué pesadillas la rondaban en las noches, en qué trabajaba, de que momentos de su niñez se acordaba, si le gustaban los crisantemos, si iba al cine, si se sentía sola o no, si era feliz, qué pasatiempos tenía, cómo se veía de vieja, si creía en Dios. No supe nada.

—Nada...

—Nada de nada.

Ahora él, desolado, me miraba.

—A mí también me gustan los crisantemos —dije.

—Ni siquiera de vista. Ni siquiera eso.

—Usted no tuvo la culpa.

—Nada —movía lentamente la cabeza—. Nada de nada.

—Bueno... creo que...

—A usted por lo menos lo conozco de vista ahora.

De usted no podré decir que no lo conocía de vista cuando venga algún día a visitarlo y me preocupe de que haya crisantemos al lado suyo. Con usted tengo tiempo de crear una amistad; pero, ¿con ella? ¿Con ella?

Lo miré por un largo rato, escruté su rostro con calma porque era, lo intuía, la última vez. Luego, sin despedirme, me di la vuelta y me alejé.

Esa noche soñé que me ahogaba en un mar de crisantemos. Y pensé que, fuera o no la vida original, ese sueño, al menos, era digno de ser soñado.

La invitación

Dos mil cuatrocientos treinta y seis personas han sido invitadas a una más de las extravagantes fiestas de Pedro Ledgard. Ésta parece no tener tema: no es de gala, no es de disfraces, nada la rige: sin embargo, algo le presta peculiaridad: las invitaciones, en vez de indicar la dirección, han venido con un mapa de la ciudad en que se halla marcado, con una cruz roja, el lugar del suceso. Pero no es fácil llegar: en una ciudad como ésta uno no puede fiarse mucho de la cartografía: hay regiones enteras aún inexploradas, calles y plazuelas aún sin nombre, barrios que trastocan su fisonomía de la noche a la mañana, pasajes y callejones sin salida aún no visitados por persona alguna.

La noche de la fiesta el ajetreo cabalga en las calles. Mujeres de vestidos rutilantes ingresan a bares con el mapa en la mano y procuran elucidar el problema con fútiles inquisiciones a borrachos lascivos. Grupos de hombres vestidos con elegancia recorren las avenidas cantando, eufóricos. Parejas alegres detienen a policías en sus rondas y los envuelven de preguntas. Sin embargo, hacia las doce nadie ha dado todavía con el lugar de la fiesta y muchos desisten y retornan a casa, hay la esperanza de encontrar en la televisión una película para salvar la noche.

A las tres de la mañana perseveran en la empresa menos de doscientos invitados. La mayoría de ellos se revuelve de furia; unos cuantos bailan en las calles, cantan y se emborrachan con ardor, hacen el amor en los bancos de las plazuelas, persisten en la felicidad.

A las seis de la mañana se encuentran en la calle veintinueve invitados. Ya sabían de las fascinantes fiestas de Pedro Ledgard, pero ésta, dicen, ha sido la mejor: no han hallado el lugar marcado en el mapa pero han hallado la fiesta. Volverán a sus casas con el regocijo en el rostro, a perderse extenuados en sus respectivos sueños, sin haber logrado ver a Ledgard pero admirando su genio y agradecidos por haberles salvado del olvido una más de sus noches, por haberles permitido descubrir la fiesta de las fiestas.

The Masks of Nothingness

Apenas terminé de traducir el primer párrafo de *The Masks of Nothingness*, por encargo de Sudamericana, sentí que había escrito algo ya conocido por mí. No pude continuar con el segundo párrafo: la sensación no me abandonaba. Salí del estudio y me fui a caminar por el parque, a extraviarme en mis divagaciones. Lo hice muy bien: 45 minutos después arribó la respuesta: el primer párrafo de la novela, en inglés, era el mismo que iniciaba, en castellano, una novela mía escrita doce años atrás, cuando aún respiraba en mí el sueño de convertirme en escritor, cuando aún no había conocido la periferia que acoge a todo traductor. Volví a casa, hurgué entre papeles, desempolvé mi manuscrito; jamás había intentado publicarlo: no me parecía malo pero tampoco era una obra maestra. ¿Para qué, había pensado en ese entonces, añadir mediocridad a un mundo que se las arreglaba muy bien para ello sin mi ayuda?

Yendo de la novela al manuscrito y retornando a la novela, terminé de leer ambas obras en cuatro horas mientras progresaban a la vez la impotencia y la certeza de haber superado los límites que creí tenía en mí la sorpresa. Ambas novelas eran la misma novela en castellano e inglés, exactamente la misma salvo por obvias diferencias de sentido debidas a las peculiares propiedades de ambos idiomas. Se lo conté a Claudia; lo único que hice fue sumarla a la perplejidad.

Al día siguiente pregunté en la editorial por datos del autor. Se llamaba Stephen Prince y era la última revelación de la literatura norteamericana, vivía en New Orleans y ésta era su primera novela, elegida por el *New York Times* como una de las 15 mejores obras publicadas en 1988. ¿Qué hacer? ¿Acusarlo de plagio? Imposible: él no había podido leer mi novela. Decidí ir a New Orleans a conocerlo, a enfrentarlo, a añadir más personas a mi perplejidad.

Viajé ese mismo fin de semana; arribé a New Orleans el lunes al mediodía. Bajo un sol violento, le indiqué la dirección a un taxista que me recordó a Charlie Parker en la versión de Clint Eastwood. En el camino, mientras la radio dejaba escapar la voz envolvente de Ella Fitzgerald, pensaba en qué diría y en cómo lo diría. Aún no había encontrado las palabras adecuadas cuando el taxista me dijo que habíamos llegado. Pagué y descendí con mi único equipaje, un pequeño bolsón de mano.

Toqué el timbre. Menos de un minuto después me abrió una mujer. Era Claudia, era mi esposa, era ella.

—Claudia... —dije, en un balbuceo.

Ella, era evidente, no me conocía. Me preguntó qué o a quién buscaba. Repuesto de la sorpresa, pensando que todo se debía a una travesura de mi imaginación, le dije que era el traductor al español de la novela de Stephen Prince, y que quería hablar con él acerca de algunos problemas que había encontrado en la traducción. Me hizo pasar, aliviada al enterarse de que yo no era un periodista más, y me condujo al living; me pidió que esperara un momento, que lo iría a llamar.

Por las amplias ventanas del living vi a dos niños jugando en el jardín. Eran mis hijos. Rosario se balanceaba en el columpio impulsada por Martín. Él me miró, agitó la mano en un saludo espontáneo, y retornó al juego con su hermana. Permanecí inmóvil, mordiéndome el labio inferior, incapaz de apartar de ellos mi mirada.

Cuando escuché pasos en la escalera, pasos muy conocidos por mí, sentí miedo, miedo de enfrentarme a él, miedo de enfrentarme a mí mismo, y huí de la casa. Esa tarde partí de New Orleans.

No he vuelto a abrir un libro.

Primer amor

Aunque procuramos, con cierta dosis de instintiva sabiduría, evitar que el tema comparezca en nuestras charlas, sea aludido de algún modo o reverbere entre líneas, es indudable que está presente en cada uno de nuestros actos, impregna el ambiente y corrompe nuestros encuentros: ella y yo estamos envejeciendo de una manera cruel y violenta.

Nosotros, es cierto, ya no nos amamos: ella fue mi primer amor, yo fui el suyo, pero eso sucedió hace ocho años y no duró más de ocho meses. Sin embargo, nuestros alucinados temperamentos de entonces ya sabían, también acaso gracias a una instintiva sabiduría, que como el primer amor no habría otro, que esa mezcla de inocencia y pureza de sentimientos y descubrimiento de la maravilla jamás retornaría, y decidimos homenajearlo, con la promesa de encontrarnos, pasara lo que pasara, cada primero de agosto, día de nuestro aniversario.

Jamás hemos faltado a nuestra promesa, pero estamos envejeciendo. Ambos ya tenemos un cortejo de desilusiones para sacar a colación, un interminable repertorio de fracasos que entremezclan, de cuando en cuando, algún recuerdo digno de gloria. Ambos hemos seguido rumbos diferentes y nos hemos casado con las personas equivocadas, como suele suceder. Disponemos de mundos ordenados, poseemos trabajos estables, nos civilizamos más y más día tras día: estamos envejeciendo. Hace ocho años nuestra gran proeza era, en la penumbra que desvanecía contornos en un cine o en la puerta de su casa, el encuentro fugaz de los labios. Hace tres años la toqué por primera vez. Ayer, sin necesidad de burdas excusas ni justificaciones injustificadas, sin amor y casi sin palabras, nos entregamos, jubilosos, a los delirantes excesos del sexo.

¿Qué perversiones nos deparará el futuro? ¿Qué mentiras fraguaremos para nuestras parejas, de qué otras formas iremos descubriendo el paso de los años? O, también: ¿de qué otras formas podremos subvertir el tedio de nuestras vidas, la implacable rutina? Porque en el fondo, creo, para ella y para mí no es más que eso: conducidos con violencia hacia la muerte, nos aferramos a la coartada del primer amor para, al menos, redimirnos una vez al año, cada primero de agosto, en una ordenada cita con el desorden.

Lena

Ésta es una de esas escasas noches de mi vida que desafiará el olvido. Lena y yo hemos ido a cenar festejando nuestro primer año juntos, y después del brindis con vino blanco y los tres deseos de rigor y mis planes en voz alta para ella y para mí, decidimos venir a esta discoteca, el lugar de nuestro primer encuentro, el origen de la cartografía de nuestro amor.

Lena se halla frenética esta noche y lo único que quiere es bailar. Frenética y hermosa: en la pista, entre fragmentos de sombra y de luz, escudada por el humo que se desprende desde el cielorraso, el movimiento de su cuerpo me sume en la perplejidad, me hace olvidar el derredor: el vestido negro que termina donde se inician los muslos ciñe los senos y la cintura con atroz sabiduría, exhibe la sinuosidad de los contornos con descarada lucidez; las piernas largas y oscilantes sin cesar, de músculos tensos, son una afrenta a mi cordura; está descalza, una pañoleta roja atada a su tobillo derecho; en su muñeca derecha tintinean dos pulseras de plata, en su muñeca izquierda se encuentra el reloj cruzado por franjas blancas y negras que le regalé en su cumpleaños; cuando acerco mi rostro a su cuello puedo percibir en él, producto del esfuerzo, las venas henchidas; la exuberante cabellera negra jamás domesticada, los pómulos salientes, la nariz recta, los ojos cafés pequeños y protegidos por pestañas inmensas, las pobladas cejas oblicuas, los gruesos labios de rojo violento inconscientes del erotismo que exhalan en su perpetuo movimiento, al abrirse para reír, al cerrarse para fabricar un mohín, al extenderse para hacer el gesto que entre todos la identifica más, todo ello me cautiva: soy, esta noche, su prisionero: estoy hechizado: soy, esta noche, suyo.

Mientras baila la contemplo y leo en el movimiento de sus brazos nuestro futuro. Cuando los extiende hacia ambos lados tratando de alejarlos lo más posible de su centro de equilibrio, descifro que nos casaremos a fin de año. Cuando los va juntando lentamente hasta que las palmas de las manos se encuentran dirigiendo hacia mí una ficticia plegaria, descubro que tendremos tres hijos, uno de ellos se llamará Sergio, el otro Jaime, la menor Estefanía. Cuando, mientras el resto de su cuerpo continúa en el frenesí, sus brazos se congelan elaborando diversas imágenes, uno hacia adelante y el otro hacia atrás, uno hacia el cielo en un ángulo de ciento veinte grados y el otro hacia tierra en línea recta, apenas la muñeca desplazando la mano de la vertical, los dos brazos cruzados delante de su rostro separando su mirada de lo demás, aislándola, descifro que seremos una pareja feliz, dirigiremos nuestra relación hacia el ideal del entendimiento mutuo, del respeto, de la fidelidad, y yo finalizaré mis días un día de agosto del cual ya tengo memoria, en París bajo aguacero, y ella hará lo mismo menos de una semana después, tal como me lo había prometido. Oh, sí: en sus brazos puedo leer nuestro futuro.

Pero de improviso, a las dos y cuarto de la mañana, como una ola ingresando en la playa y desvaneciendo las marcas dejadas en la arena por las parejas de la noche anterior, un sutil movimiento de su brazo derecho, una apenas perceptible torsión de la muñeca, esfuman los mensajes anteriores y me permiten descifrar que todo acabará esta noche. Entonces puedo comprender su frenesí como un homenaje a las últimas horas juntos, puedo interpretar sus sonrisas y sus besos como una suprema actuación de despedida. Todo acabará esta noche: Lena se fugará de mí, y, acaso sabiéndolo, acaso sin saberlo, me lo está diciendo a través de su brazo derecho, de la apenas perceptible torsión de la muñeca.

A las tres de la mañana, en el parqueo vacío, bajo la noche asidua en constelaciones, le propongo, entre sonrisas traviesas y miradas audaces, hacer el amor sobre el capó del auto. Ella, por supuesto, acepta sin titubeos: yo sé por qué lo hace, ella no sabe que yo lo sé. Y es tan fácil tenderla sobre el capó y recogerle el vestido hasta la cintura, y despojarla del minúsculo calzón negro y concentrar en esos instantes toda mi vida, el pasado, el presente y el futuro, los fracasos y las glorias, el esplendor y la desolación, la plenitud y el vacío. Y ella es tan dócil y tan suave y tan para mí pero no digo nada, estoy en el paroxismo del amor pero me recluyo en el silencio. Me recluyo en el silencio.

Apenas estaciono el auto en la puerta de su casa y apago el motor, ella me mira y me susurra:

—Roberto...

—No digas nada. Ya lo sé todo... —respondo, también en un susurro, mirándola.

—¿A qué te refieres?

—Sabes a qué. No te preocupes. No digas nada. No digas nada.

—Roberto, por favor... Me gustaría explicarte...

—Una explicación volvería todo esto muy convencional. No digas una palabra más. Déjame en el misterio.

—Como tú quieras.

Ella extiende su brazo derecho y me acaricia la mejilla izquierda. Luego desciende del auto sin dejar de mirarme, acaso perpleja, acaso no. Luego parto. Antes de doblar la esquina la miro por el retrovisor una vez más: ella está agitando sus brazos a manera de despedida. En esos movimientos puedo descifrar que ésta es una de esas escasas noches de mi vida que desafiará el olvido.

Historias nocturnas

A Piru, por todo

La suprema originalidad de barrios periféricos como éste radica en sus constantes cortes de luz, que a veces duran diez minutos, a veces diez días, a veces diez años. Nosotros, sus habitantes, que nos hemos ido acostumbrando a ser confinados poco a poco al olvido por las autoridades departamentales y nacionales, ya no nos sorprendemos con ellos; es más, nos sorprendemos si en el decurso de dos días consecutivos ningún corte de luz viene, apremiante, autoritario, a visitarnos.

Los cortes de luz ya han sido internalizados por todos nosotros, forman parte de nuestro modo de vida, le proveen de suspenso y color a nuestras rutinarias existencias (nocturnas, porque durante el día los cortes de luz carecen de gracia, no son dignos de nuestra atención). Por ejemplo, los partidos de fulbito que se realizan en las calles de tierra del barrio, a la tenue luz de faroles de principios de siglo, no se interrumpen por un corte; los jugadores ya han desarrollado una mágica habilidad para, transformados en borrosos, semidesvanecidos contornos, gambetear, pasar la pelota, cometer un foul, rematar al arco, animarse a una chilenita. Claro, a veces suceden cosas raras: un arquero es secuestrado, un delantero recibe un balazo en la sien. Por suerte, la explosión demográfica nos ayuda y siempre hay suplentes prestos a saltar al campo de juego.

La vida del barrio continúa. Parejas creadas de improviso se besan en las esquinas, en los derruidos bancos de nuestra plazuela. En todas partes se forman grupos cuya principal actividad consiste en conjeturar qué novedades brindará el apagón. Guitarristas, rodeados por adolescentes de entusiasmo en desborde, cantan a las desventuras del amor y a la justicia social que brindará la inminente revolución. Hombres y mujeres esperan en fila a que una chola les lea su futuro en las estrellas. Alguien, desde un balcón, lee en voz alta a Augusto Céspedes para quien desee oírlo, o más bien simula leerlo: pese a que constantemente va tornando las páginas de un viejo libro de tapas amarillas, las habladurías mencionan que esta proeza no es más que un caso extremo de prodigiosa memoria.

A veces desgarradores gritos de mujer cruzan el aire con convincente terror: es una violación. Nosotros, luego de un merecido minuto de silencio, retornamos a nuestras actividades normales (algunos corren detrás del autor: generalmente es inútil). A veces se escucha con nitidez el trizarse de una ventana: es un robo. Nosotros, luego de merecidas disquisiciones acerca de a quién le habrá tocado esta vez, retornamos a nuestras actividades normales. Así, la noche se dirige sin prisa hacia su fin y, con las calles todavía pletóricas de gente, la penumbra comienza a elaborarse con arte, luego el día va instalándose en nosotros, primero con timidez, luego con descaro, y las calles empiezan a vaciarse hasta que no quedan ni rescoldos de la suprema originalidad de barrios periféricos como éste.

Pero por suerte pronto llegará la nueva noche, y ahí, quién sabe.

Sorpresas en la noche

—Después de 42 años de casados —dijo ella—, creo que estarás de acuerdo con la conclusión a que he llegado.

—¿Cuál?

—Que no nos conocemos nada. Que tu profundidad me es inaccesible. Que mi profundidad te es inaccesible.

—Yo no lo pondría en esas palabras.

—Jamás me hubiera imaginado que tú serías capaz de hacerme eso. Cuando anoche me enteré, no supe qué decir... y pensar que todos estos años... Claro, una al principio se dice: mientras él me sorprenda excelente, el día que se acabe su misterio y deje de sorprenderme se acabará mi amor. Pero luego una descubre que eso es retórica, porque sólo quiere un tipo de sorpresas, las agradables, las que renuevan la fe en el amor y en la vida. Y mejor, luego de un tiempo, si ya no hay más sorpresas, si se puede confinar al otro en lo previsible, si ninguno de sus actos es capaz de desestabilizar su mundo, el mundo de los dos. Por eso, cuando anoche me enteré, no supe qué decir...

—No era necesario que dijeras algo. No hay nada que decir. Lo hecho hecho está.

—Pero al menos aceptas una cosa: que tú tampoco me conoces nada.

—Yo no lo pondría en esos términos. Me imagino que algo te conozco: 42 años, después de todo, no pasan en vano.

—¿Conoces mi temperamento? ¿Conoces mis reacciones? Mira mi rostro, mira fijamente mis ojos... Ahora dime: ¿qué pienso hacer? O, para ser más exactos, ¿qué es lo que he hecho ya?

—¿Qué es lo que has hecho ya?

—No tienes la más mínima idea. Mira mis ojos: ¿quién soy yo?

—Vaya pregunta... No entiendo a dónde quieres llegar.

—¿Quién eres tú? No lo sé. ¿Quién soy yo? ¿Quién soy yo?

—Tranquilízate, por favor.

—Seguro que sí. Y te voy a aclarar las cosas, porque te veo perdido. ¿No le sentiste al vino un sabor extraño, semiamargo? Ahora, la pregunta: ese sabor extraño, ¿se debe al vino mismo, o a algún agregado que yo incluí sólo en tu vaso, o a algo que incluí en la botella y que por lo tanto yo también sentí?

—No puedes estar hablando en se...

—Deberé advertirte que si no encuentras una respuesta pronto, antes de las diez, la respuesta te encontrará a ti.

Él, con expresión asustada, miró su reloj: faltaban nueve minutos para las diez.

Lugares comunes

Desde el momento en que descubrió que odiaba con fervor los lugares comunes, a fines de la adolescencia, Vladimir supo que haría lo posible y lo imposible por evitar incurrir en el más descaradamente tentador de ellos, el más ubicuo, el más común: casarse por amor. Es que era tan fácil, pensaba, estando enamorado, sintiéndose identificado con el otro ser, completo con su presencia e incompleto en su ausencia, en éxtasis por una mirada una caricia una frase cariñosa, caer en la trampa y dejarse llevar por utopías que hablaban de un futuro venturoso, días pletóricos de dicha armonía paz estabilidad, felicidad sinfín pasión sinfín, ausencia de discusiones conflictos peleas, comprensión respeto fidelidad sinceridad ilimitadas, para terminar con zapatos y saco negros y camisa blanca y corbata roja a las once de la mañana de un sábado en la iglesia del barrio, con la interminable parentela y los reaparecidos amigos y el cura que es el mismo de la primera comunión y el arrogante, convincente, majestuoso, firme: *sí, acepto*. Por ello, cuando Rosa, después de una intolerable relación que se había prolongado sin sentido por más de cuatro años y que se hallaba desprovista por completo de amor, al menos por parte de él, le sugirió que ya era hora de que formalizaran sus lazos, él respondió sin dudar que sí, era una excelente idea, por qué no el primer sábado del próximo mes. Y así se casó con ella.

Vivieron diecisiete años carentes de pasión y felicidad, de paz y estabilidad, de dicha y armonía, de comprensión y respeto, de fidelidad y sinceridad. Diecisiete años de discusiones y peleas que terminaban con insultos e histéricas frases que prometían asesinato, envenenamiento, estrangulamiento, despedazamiento y diversas otras formas de exterminio. Los hijos, que vinieron, contribuyeron sin cesar al desasosiego conyugal. Los amantes, que también vinieron, proveyeron a la vez desahogo y nuevas oportunidades para las injurias y las mentiras. Y Vladimir, disquisición tras disquisición, año tras año, se sintió reconfortado de haber elegido la realidad de la vida desde el principio, de no haberse dejado tentar por utopías baratas, de no haber quebrado en ningún instante su pacto de sinceridad con el mundo.

Pero después de diecisiete años de casados, una mañana, apenas despierto, Vladimir descubrió que se había enamorado de Rosa; sí, lo confirmó en las semanas siguientes, se había enamorado con locura, sólo ella le importaba, sólo ella existía en su pensamiento y en su imaginación, ella y ella y nada más que ella. Y eso era un atentado a su integridad: después de muchos rodeos los lugares comunes habían dado con él, lo tenían atrapado. Porque, pensó, uno de los lugares comunes más firmemente establecidos en su sociedad era la idea de que con amor todo era posible. Las conclusiones que se desprendían de dicha idea decían que era fácil convivir con una persona cuando uno estaba enamorado de ella, era fácil sortear las crisis cuando existía verdadero amor, era fácil disfrutar de la vida cuando uno estaba enamorado. Y a Vladimir no le gustaba lo fácil. Y a Vladimir no le gustaban los lugares comunes.

Por ello, debió dejarla.

Mi esposa y yo

Son las once y media de la noche del viernes y a esta hora, como todos los viernes, mi esposa está haciendo el amor con un desconocido. Lo sé porque, una vez más, a las siete comenzó a cambiarse, se puso la ínfima ropa interior Calvin Klein que sólo utiliza en ocasiones especiales, el escotado vestido rojo, los zapatos rojos de taco alto y perfume en exceso. Media hora después vinieron a recogerla sus amigas en un BMW deportivo, ya borrachas, ya estridentes, y ella se despidió de los chicos y de mí con ligereza y prometió volver temprano.

Me quedé con los chicos viendo televisión hasta las diez, luego los acosté y me puse a imaginar dónde y qué estaría haciendo ella. Estaría en alguna whiskería sentada con una copa de vino blanco en la mano, la mirada agresiva, los labios recorridos con malicia por su lengua y las piernas cruzadas derrochando provocación. Los minutos pasarían y no faltaría alguien. No faltaría. Luego, acaso en el auto, o en una pieza de motel con la voz de Julio Iglesias de fondo, o en un departamento o una casa providencialmente vacía.

Una vez más llegará a las cuatro de la mañana con el vestido arrugado, el maquillaje corrido y un insoportable olor a alcohol y perfume de hombre. Ella me creerá dormido y la veré desnudarse a la luz de la lámpara de su velador, veré en su cuerpo las marcas de un sexo urgente, intenso, desbordado, casi animal, las huellas del goce que acaso también se hallen en los ojos que no podré ver. Se acostará a mi lado y simularé despertarme debido al movimiento de la cama. Trataré de abrazarla y ella se apartará de mí. Le susurraré una proposición audaz y ella me responderá que no, se halla muy agotada, puede que mañana. Siempre igual, puede que mañana, puede que pasado.

Podría hacer en este instante mis maletas e irme, olvidarlo todo y comenzar de nuevo en algún otro lugar. Pensamientos vanos: sé que no sería capaz de dejar solos a los chicos, y también sé que jamás podría dejar de aferrarme a la tenue, casi difusa esperanza de que, alguno de estos días, ella cambie y retornemos al amor, a la fidelidad de los primeros años. Por lo tanto, a las once y media de la noche del viernes intento comenzar a leer una novela de Manuel Puig y trato de no pensar en unos zapatos rojos y ropa interior Calvin Klein tirada en el suelo, en un escotado vestido rojo hecho un ovillo al lado de la cama, en mi esposa haciendo el amor con un desconocido.

El aprendiz de mago

Había una vez un aprendiz de mago que trabajaba en un circo pobre y que lo único que deseaba en la vida era el reconocimiento caluroso, los aplausos de su escasa audiencia. Sin embargo, una y otra vez algunos trucos le salían mal y de uno y otro sector del público surgían los abucheos y las risas. Podía soportar esa respuesta con estoicismo, pero a veces, cuando las risas se tornaban en crueles carcajadas, su paciencia se desvanecía y en su rostro se instalaban, inequívocos, los furiosos trazos de la cólera. En ese instante los payasos y los trapecistas y sus demás compañeros sabían que comenzaban los problemas, pues él no tardaría en recurrir a su único truco infalible, el de hacer desaparecer la ciudad en que se encontraban, y se dirigían con prisa a sus carromatos, a empacar sus pertenencias y preparar la abrupta huída. Él anunciaba con humildad el último truco de la noche, lo cual motivaba la exasperación de las carcajadas; el acto era finalmente consumado, algún curioso se asomaba a la puerta del circo y era verdad, la ciudad había desaparecido.

Por cierto, todavía no dominaba el arte de hacer reaparecer las ciudades, era un aprendiz de mago que, a lo sumo, lograba con dificultad el retorno de algunos barrios, algunas plazuelas, algunos monumentos, algunas avenidas. Sabía que necesitaba años de experiencia, pero también sabía que su orgullo jamás le permitiría soportar las burlonas carcajadas de la audiencia, aunque aquello le costara, ciudad tras ciudad, la desaparición de todo vestigio de civilización.

Aniversario

Hoy se cumplen 45 años del secuestro de mi madre. Mi padre debe estar en la iglesia, rezando por ella. No pierde las esperanzas. Mi hermano, siempre tan formal, llamó desde Sidney y me dijo que estas cosas nos unían más. Yo no le dije nada. También llamó el comandante de la policía. Hubiera preferido, a esa parodia de nuevas pistas y pronto suceso, que confesara de una vez por todas su incapacidad. Es igual que mi padre.

Ayer mi padre recibió una nueva nota de los secuestradores. Una vez más han reducido sus pretensiones, pero no terminan de admitir su fracaso. Debo reconocer que ya los he perdonado: de un modo ominoso y fatal, ellos también se han convertido en secuestrados. Quizás jamás hubieran tocado a mi madre si hace 45 años mi padre no hubiera alardeado acerca de una fortuna que sólo existía en su imaginación. Y si hoy él, en vez de dar largas al asunto olvidara su orgullo y fuera sincero con ellos acerca de su situación económica, quizá ellos se alegrarían más que nosotros y liberarían pronto a mi madre. Pero no. Y así yo me quedo sin poder conocerla. A través de fotos no es lo mismo.

Todos, mientras tanto, envejecemos.

En el parque de diversiones

Ésta es la segunda vez que visitas el castillo del terror, Juan Luis. Ayer lo hiciste, por primera vez caminaste por esos pasillos en que la luz no es, y se cruzaron frente a ti fantasmas y rostros sin cuerpo, y viste un cementerio desbordado de murciélagos y luego esqueletos fosforescentes a ambos lados del camino. Atravesaste un puentecito que, al bambolearse sin freno por algunos minutos, te extrajo desesperados gritos de angustia. Antes de salir vino lo peor, el encuentro con la espectral bruja que te sofocó en su abrazo y que luego, al mirar tu rostro despavorido, invocó al espíritu de las tinieblas y te lanzó una maldición. Dijo que hoy, a las doce de la noche, te devorarían los cuervos a picotazos.

Pero hoy vas a quebrar el maleficio, Juan Luis. Tus padres, que te esperan afuera, no han visto que entre los pliegues de tu ropa escondiste un afilado cuchillo de cocina. Y ahora, concentrado en lo que harás cuando aparezca ella, eres inmune al terror de los gritos y los espectros y las tumbas que a cada instante abandonan las calaveras. Caminas a paso firme, mirando sólo al frente, empuñando el cuchillo con ambas manos. Cruzas el puentecito tambaleante y ya está, si se repite lo de ayer ella te espera en el próximo recodo. Te persignas.

Allí está la bruja, fulgurando en la oscuridad. Su carcajada maligna te alcanza, y por un momento vacilas. Pero ella ya está junto a ti, su rostro de horror perfecto casi tocando el tuyo, y sus brazos te encierran y es entonces cuando le hundes el cuchillo. Su rostro no cambia de gestos, sus brazos te sueltan, la carcajada se transforma en una exclamación de sorpresa y dolor que va a confundirse con las demás exclamaciones que pueblan el castillo del terror. Con tu cuchillo incrustado a la altura del estómago, cae al suelo.

Cuando sales del castillo, sientes el alivio de liberarte al fin de la oscuridad. Tus padres te están esperando, y al verte tu madre comienza a gritar: "¡Hijo! ¡Estás todo manchado de sangre!".

Y tú corres hacia ella y la abrazas y con el rostro en su regazo comienzas a llorar.

Una pareja

El día en que cumplían 32 años de casados, él dijo:
—Voy a comprar una televisión.
—Para qué —dijo ella.
—Para que los silencios no se noten tanto.
Y a ella le pareció una excelente razón.

Fotografías

En este álbum de fotografías se encuentran pruebas de la existencia de algunos seres de la muchedumbre que fui y soy yo. En esta foto, por ejemplo, uno puede observar una de las múltiples versiones que encarné del adolescente, la sonrisa despreocupada en la puerta del colegio, la mirada que confía en que la historia tendrá un final feliz. Aquí, entre amigos, se halla el ser que soñó algún día con seguir los pasos del Che. El que posa en medio de dos campesinos es el que estuvo a punto de irse a vivir a un pueblito del valle cochabambino para descubrir la parte de su país que era un misterio para él. Esta foto desvaída muestra al joven que amó a y sufrió por Ximena. El que pedalea en el triciclo azul es un niño en paz que no supo nunca de la existencia del ser angustiado de la foto en blanco y negro de al lado, los ojos que miran penetrantes y a la vez no miran en una burda imitación del ejemplo de esos días, Kafka. Allí, borracho, con un desconocido, se encuentra el ser que en la madrugada del 24 de febrero de 1971, día en que cumplía 25 años, prometió que no descansaría hasta que Bolivia retornara al mar. El de pelo corto, abrazado por sus padres, es una versión de pocos días, los suficientes para creer en y descreer de la política. El que duerme la siesta sin enterarse de que una foto lo acababa de atrapar era el que, día tras día, no dejaba de pensar en el suicidio de Germán Busch. Allí, en el extremo izquierdo en esa foto de grupo, está el que se casaría sin convicción y siete meses después se divorciaría sin convicción. El ser que, en esa foto recortada de un periódico, está siendo posesionado como ministro del gabinete de García Meza, es el que temía demasiado a la muerte y eligió vivir el resto de sus días con el estigma de la cobardía. Esa foto, tomada en un burdel el día en que cumplía 41 años, es de aquel que bebía hasta la intoxicación porque no encontraba cosa mejor que hacer. La última foto, tomada hace poco más de una hora con una polaroid, es de un ser, o seres, que todavía no conozco.

Suena el timbre del teléfono. Contesto. Preguntan por Gonzalo Peña. Es un nombre que he oído muchas veces, aplicado a los seres que habitan las páginas de este álbum de fotos. Es mi nombre, pero por alguna razón, como cuando uno repite varias veces una palabra y ella termina por perder su sentido, es un nombre que ya no me nombra. Sin mentirle, sin intentar esconderme, le digo que aquí no vive ningún Gonzalo Peña, número equivocado. Cuelgo.

Vuelvo a mirar la última foto del álbum. La extraigo y arrojo el álbum al basurero. Nunca podré responderme qué hacía una foto mía en un álbum ajeno.

A siete minutos del colapso

La mujer de la cabellera negra y los jeans descoloridos cruzó la avenida vacía en el silencio de la tarde, precedida y perseguida por papeles arrugados y hojarasca que el viento arrastraba sin prisa, y se detuvo frente a la puerta del almacén. La golpeó con violencia y esperó una respuesta. Nada sucedió durante algunos minutos. Insistió, y al final una ventana se abrió en el segundo piso, asomándose a ella la figura de un hombre viejo enfundado en un terno gris.

—La tienda está cerrada —dijo él, la voz nerviosa—. No le puedo vender nada.

Ella agitó en el aire el walkman que sostenía en la mano derecha.

—Sólo quiero un par de pilas pequeñas.

—Pero... ¿usted no escuchó la radio? ¿No vio la televisión? ¿No sabe que faltan siete minutos para el colapso?

—Sí, ya lo sé. Sólo quiero escuchar este cassette. Me pone nostálgica. Me recuerda algunos días y noches de mi adolescencia.

—Usted está loca. Debería estar rezando —dijo el viejo persignándose y cerrando la ventana.

186

Ella suspiró. Dio la vuelta y se dirigió a la parte central de la avenida. Se sentó ahí, las piernas cruzadas. Pensó en una tarde de lluvia, ella en su habitación tratando, con una guitarra, de ponerle música al primer poema que había escrito en su vida. Qué hermoso el tiempo del primer amor, pensó. Qué habrá sido de él. Intentó recordar su rostro. No pudo: apenas vino a ella un fragmento, la revelación de unos ojos tristes y extraviados.

A lo lejos, un trueno reverberó.

Esquinas

Otra vez estoy perdido, pensó. Ya ni siquiera la sofisticación del laberinto; ahora es suficiente una línea recta.

—¿Le pasa algo? —la voz lo sacó de la abstracción. Era un policía.

—Sí. Pero no creo que usted pueda ayudarme.

—Usted ha estado parado en esta esquina por más de una hora. Quizás lo pueda ayudar.

—Bueno... Estoy perdido.

—Ah... Si de eso se trata, tiene razón. No lo puedo ayudar.

—Le dije.

—Cada vez resulta más fácil perderse en esta ciudad. El otro día me quedé parado en medio de una calle. No sabía adónde estaba yendo. O si lo sabía, lo había olvidado. Estuve ahí, parado, por más de tres horas.

—¿En serio...?

—Sí. A mi hermana le pasó algo similar. Debe ser la época del año.

—No había pensado en esa posibilidad.

—En algo debe influir. Supongo. Lo dejo... Debo volver al trabajo. Gusto de conocerlo.

—Igualmente.

De retorno a la soledad, pensó en las palabras del policía. Sí, acaso era la época del año. Una época que duraba doce meses. Caminó en dirección hacia la plaza principal. Después de dos cuadras volvió a detenerse, a tres pasos de una esquina. No había caso: definitivamente, era la época del año.

Escritura en la pared

En el baño del café un hombre alto y vestido con elegancia escribe sin cesar en una de las paredes. Yo termino de lavarme las manos pero no puedo abandonar el recinto: la curiosidad me impele a intentar leer de reojo las palabras escritas con un lápiz labial de color rojo violento, las líneas que amenazan con cubrir pronto toda la pared: el hombre alto está ahora hincado, prosiguiendo su labor ajeno a mí. Un momento después pierdo el recato y empiezo a leer sin disimulo, vencido una vez más por la magia de cualquier escritura –los anuncios de los afiches en las calles, las arrugadas hojas de periódicos arrastrados por el viento, las instrucciones para abrir latas de sardinas que jamás probaré. Leo: *En las noches lo extraño. Pero no sólo en las noches. En el día también. Se fue. Sacó sus cosas del departamento y se fue. Las velas se apagarán por sí solas en el atardecer de abril. Exploraciones inconclusas, telas que se rompen en el viento, contaminaciones, amor. Amor. En el día también. Qué será de los caballos salvajes. Qué se.* Su cabeza me cubría algunas palabras; me acerqué a él, tratando de continuar la lectura. Fue en ese instante que él me percibió.

Se incorporó, y me ofreció un rostro estragado, unos ojos que habían llorado hace poco, unas ojeras que traducían noches sin sueño, y los labios más finos y hermosos que jamás me había sido dado mirar. Se acercó a mí. Yo no hice ningún movimiento. Se apoyó en mi pecho; yo no hice ni dije nada. Comenzó a llorar. Sus lágrimas me lastimaban: intenté consolarlo acariciándole la cabellera negra. ¿Qué otra cosa hacer? ¿Qué decir? Era obvio, las palabras no se habían inventado para momentos como éste. Desde el otro lado de las paredes se oía la voz de Sinead O'Connor. Deseé que no entrara nadie: no quería la interrupción de algo que, lo intuía, pasaría a formar parte de ese puñado de historias que uno recuerda y tergiversa (recuerda: tergiversa) cuando necesita cerciorarse o cerciorar a los demás de que sí, sucedió algo en ese relámpago de tiempo que media entre el nacimiento y la muerte.

El hombre colocó su rostro a diez centímetros del mío y me dijo, sin dejar de abrazarme:

–Me dejó. Me dejó.

–Todos los hombres son iguales –dije, sintiendo que, esta vez, el cliché se justificaba.

–No. Él era diferente. Él es diferente.

–En cierto modo, todos los hombres son diferentes. Por lo visto, era la noche de las frases célebres.

–¿Qué voy a hacer ahora?

–Siempre habrá otros. El amor aparece cuando uno menos lo espera, y donde uno menos lo espera. Nadie es imprescindible –dije, serio.

–Él es. Lo es para mí –me miró con una furia súbita, como si yo me hallara profanando los dogmas sagrados de su religión–. Usted no lo conoció. Usted no sabe nada del amor.

–Puede ser –dije, procurando que mis palabras sonaran naturales, nada agresivas. Él me miró como si estuviera a punto de insultarme, pero luego, como si hubiera decidido que insultarme sería rebajarse, se separó de mí, hizo un gesto de desdén, me dio la espalda y salió del baño. Tardé un rato en reaccionar. Cuando lo hice, miré hacia la escritura en la pared para terminar de leerla, mientras escuchaba los vozarrones de dos hombres que acababan de entrar al baño y hablaban con lascivia de las cosas que les harían a las dos mujeres que los estaban esperando en la barra del café. *Qué será*, leí. *Tan puro, tan sublime, tan todo, para qué. Nada. Nadanadanadanada. ¿Cuándo comenzará el invierno?*

Al salir del café, dos horas después, todavía pensaba en los labios finos del hombre alto y elegante.

Rumbo a Las Piedras

El letrero, en inmensos números blancos sobre un fondo azul, decía 43. Martín suspiró aliviado al verlo: al fin había encontrado la parada del colectivo que buscaba. Un anciano y dos mujeres jóvenes se encontraban sentados en un banco de madera que brillaba como si acabara de ser barnizado. Martín se sentó junto a ellos.

Transcurrida media hora, el colectivo no llegaba. Martín, que miraba a su reloj como hipnotizado por éste, comenzó a preocuparse: necesitaba llegar a Las Piedras: de vez en cuando, como hoy, le venían ganas de ordenar su vida y escogía una destinación, una coordenada de la que no se apartaba hasta alcanzarla. Por un momento, el pasado se volvía literal y se transformaba en lo que su nombre decía, pasado, niebla incapaz de invadir la luminosidad del presente. Las Piedras era hoy la destinación y la alcanzaría.

Las mujeres y el anciano conversaban de manera relajada, sin apuros. Martín se volvió hacia ellos y preguntó si ésa era la parada del 43. Una de las mujeres sonrió y dijo, como si se hallara enunciando algo ya conocido por todos:

—Por supuesto que no. Hace un par de semanas cambiaron las rutas de algunos colectivos, pero la municipalidad no tuvo tiempo de cambiar los letreros. La parada más cercana del 43 se halla en 7 de Julio y Rosales, a tres cuadras de aquí. El letrero dice 76.

Martín le agradeció y se dirigió a 7 de Julio y Rosales. Allí, solo, se sentó en el banco y se dispuso a esperar. Mientras esperaba, pensó en Las Piedras. Una vez había estado allí y le había gustado. Eso había sido 6 años atrás, pero todavía conservaba fresca en la memoria la placidez de la urbanización, la majestuosidad de los eucaliptos y el maullar entre cálido y lastimero de un hermoso y viejo gato pardo. Acaso si ese día hubiera decidido quedarse en Las Piedras los 6 años no hubieran transcurrido de la manera en que lo hicieron. No acaso: seguro que hubieran sido diferentes. Hubieran podido ser mejores. Pero también hubieran podido ser peores.

45 minutos después, Martín decidió que ya había esperado bastante. Comenzó a caminar sin rumbo. Después de dos cuadras, se detuvo: la intuición le decía que si se quedaba ahí, en esa esquina sin letreros, no tardaría en pasar el colectivo que lo llevaría a Las Piedras. Su hermana siempre le decía que había que hacer caso a las intuiciones. Se metió las manos a los bolsillos del pantalón, y esperó.

Poco rato después, divisó un colectivo que venía hacia él. Es el 43, pensó recordando a su hermana. Pero ya más cerca de él se dio cuenta que no era el 43. Era el 38. Lo hizo parar: acaso, en una de ésas...

Martín se acercó a la puerta del colectivo y preguntó al chofer si iba a Las Piedras. El chofer miró a sus pasajeros como tratando de hacerles entender que si se demoraban la culpa no era suya sino de ciertas preguntas estúpidas que recibía.

—No —respondió, la mano apretando con impaciencia la caja de cambios—; voy a Loma Azul. A dos horas de Las Piedras. En el lado opuesto de la ciudad.

Apenas escuchó el nombre Martín supo que se había estado engañando durante todo el día: en realidad, en ningún instante había querido ir a Las Piedras. Loma Azul era la destinación que buscaba. Loma Azul: repitió el nombre tres veces, como para cerciorarse de que ése era el lugar al que quería ir; después de todo, si Las Piedras había logrado ocultar a Loma Azul, ¿no estaría Loma Azul ocultando otro lugar? Por un momento, vislumbró la pavorosa posibilidad de lugares ocultando otros lugares *ad infinitum*... Pero sólo por un momento; al rato, sus pensamientos habían retomado su curso normal.

Urgido por el chofer, decidió subir al colectivo. Iría a Loma Azul. Sí, ésa era la destinación que buscaba. Loma Azul. Qué lindo nombre, pensó. Muy, muy lindo.

En Durant y Telegraph

En la esquina de Durant y Telegraph hay un hombre viejo con tatuajes en los brazos que lee la suerte sobre una mesa cubierta por un mantel púrpura. En busca de descanso de horas de discusión con vendedores ambulantes, mendigos y nuevos hippies, me siento frente a él.

—¿Cuánto? —pregunto de manera desganada.

—A partir de cinco lo que usted quiera, señorita.

Dejo un billete de cinco dólares sobre el mantel y el hombre sigue barajando sin inmutarse. Observo con curiosidad que tiene anillos en todos los dedos de la mano derecha. Entre dientes, me pregunta si quiero las cartas del tarot o las de la baraja común. Le digo que da lo mismo: no me interesa lo que las cartas digan de mi futuro; lo que quiero es la experiencia, el poder decir algún día que me leyeron el futuro: soy una triste turista en busca de una historia de quince minutos para los nietos que sin duda llegarán.

El hombre elige usar la baraja común. Después de algunos movimientos de prestidigitación, me pide que extraiga cuatro cartas del mazo. Lo hago: un 7 de corazones, un 3 de diamantes, un as de pique, un rey de corazones. Él mira las cartas elegidas con asombro y pavor, como si se hallara al borde de un precipicio y por perversa curiosidad decidiera enfrentar sus ojos con lo que se encuentra bajo sus pies. Después de una larga pausa, y cuando los ruidos insistentes de Telegraph amenazan con retornarme al territorio que existe más allá de esta mesa de mantel púrpura, dice, con voz grave:

—Usted morirá.

—Eso ya lo sé. ¿Cuándo?

—No lo sé. Sólo sé que usted morirá. Puede ser hoy, puede ser dentro de 30 años. No le pida a las cartas más de lo que pueden darle: la esencia es lo que cuenta, no las burdas circunstancias.

¿Me encontraba con un descarado estafador o con la versión californiana de Lao-Tze? ¿Acababa de oír un insulso cliché, o una frase reveladora que destrozaba abrojos y se incrustaba en el centro de la cuestión del ser? No podía decidir. Su rostro, que oscilaba entre la seriedad y la burla, no hizo más que profundizar la ambigüedad. Me incorporé y, mientras la gente pasaba a mi lado sin preocuparse por nosotros, le dije lo único que en ese momento se me ocurrió:

—¡Usted... usted también morirá!

Impasible, él continuó barajando.

Cuando regresé al hotel, después de una ducha y ya más tranquila, pedí a recepción que me consiguieran un mazo de cartas comunes. Al rato apareció en la puerta un botones; me dio el mazo, le di una propina y se marchó.

Me recosté en la cama, barajé el mazo repetidas veces, hice algunos movimientos prestidigitatorios con él, y luego tiré cuatro cartas sobre la colcha. Nerviosa, comprobé que se trataban del 2 de diamantes, el 9 de pique, el 4 de trébol y el 6 de pique. Intenté algunas veces más. Las cartas que salían eran siempre diferentes, pero lo cierto es que no mentían: yo moriría.

En la torre de control

Una vez más en veintidós años de trabajo, en la torre de control del aeropuerto de Verdecillas, Herales tiene entre sus manos el destino de 147 personas en un avión y siente deseos de equivocarse. Día tras día sus órdenes han permitido aterrizajes y despegues perfectos, necesarios cambios de ruta, imprescindibles correcciones en las coordenadas de vuelo; órdenes que en general ha sido fácil dar, con una suerte de orgullo y satisfacción por el deber cumplido; pero de vez en cuando, como ahora, el deseo de apartarse del curso rutinario de los acontecimientos ha sido extremo. Rebelarse contra lo preestablecido, cruzar una luz roja, dar instrucciones incorrectas...

La voz del copiloto del 727 de Aviasur pregunta una vez más en qué pista se puede aterrizar. Herales sabe que A-27 y A-29 están despejadas, y que acaba de dar permiso para utilizar A-31 en su despegue a un 737 de Darain. Está a punto de enviar al 727 a A-29, pero duda; un minuto, responde, confirmaré todo en un minuto.

Por la ventana ve el día que fluctúa, de acuerdo a las nubes que son arrastradas continuamente por un viento agresivo, entre un sol magnífico y unas sombras sosegadas. En un día como hoy nada debería suceder, piensa. Luego cuenta rápidamente: 147 más cerca de unos 90. Doscientos treinta, al menos. Piensa en su esposa, en la sorpresa que se va a llevar.

¿Es una rebelión? ¿O es hacer algo por el simple hecho de hacerlo, por lo gratuito del acto? ¿O es el puro placer de ceder a una tentación, a un cruel impulso? Las preguntas se agolpan en la mente de Herales. La respuesta es menos clara de lo que parecía en principio.

A-27. A-29...

La voz del copiloto del 727 vuelve a escucharse. Herales carraspea, se toca la frente húmeda con las manos, se aclara la voz, y luego da las instrucciones de manera pausada. Cuando termina de darlas, se da cuenta de lo que ha hecho; le viene el arrepentimiento, quiere corregir su acto, exclamar no, la A-31 no. Pero no dice una sola palabra, se queda en silencio mirando a la pantalla del radar enfrente suyo: el arrepentimiento ha venido, pero también se ha ido.

Cuando sus compañeros de trabajo lo encontraron encerrado en el cuarto de baño y revolcándose a carcajadas, no supieron en principio el porqué. Luego supieron.

La Frontera

A la entrada de la mina La Frontera, que creía abandonada, se hallan dos hombres. Tienen el rostro terroso, apariencia de mineros en la vestimenta desastrada, y pancartas en alto condenando el cierre de minas decretado por Paz Estenssoro. La escena me parece curiosa; detengo el jeep, me bajo y me acerco a ellos. Hace años que no venía por este camino abandonado, hace años que no visitaba la finca de Sergio. Bien puede esperar unos minutos, me digo, y perdonar al periodista que siempre hay en mí.

De cerca, confirmo que son mineros. Los rayos del sol refulgen en todas partes menos en sus cascos, tan viejos y oxidados que carecen de fuerzas para reflejar cualquier cosa. Los mineros no mueven un músculo cuando me acerco a ellos, no pestañean, miran a través de mí. Sus pies de abarcas destrozadas se hallan encima de huesos blanquinegros. Miro al suelo, y descubro que yo también estoy posando mis pies sobre huesos: de todos los tamaños y formas, algunos sólidos y otros muy frágiles, pulverizándose al roce de mis zapatos. En mi corazón se instala algo parecido al pavor.

Las minas fueron cerradas hace más de siete años. Muchos mineros entraron en huelga, pero al final terminaron aceptando lo inevitable y marcharon hacia su forzosa relocalización, a las ciudades o a cosechar coca al Chapare. ¿Podía ser, me pregunto, que la noticia del fin de la huelga no hubiera llegado hasta ahora a los mineros de esta mina? La región de Sergio progresó con la inauguración del camino asfaltado, y aquí quedaron, abandonados, esta mina y el camino viejo.

Les pregunto contra qué están protestando.

Silencio.

Después de un par de minutos insisto, esta vez tartamudeando, acaso dirigiendo la pregunta más a mí mismo que a ellos. Y entonces veo un leve movimiento en la boca de uno de ellos. Un par de músculos faciales se estiran, quiere decirme algo.

Pero el esfuerzo es demasiado. Boquiabierto, veo el quebrarse de la reseca piel de las mejillas y el pesado caer de la pancarta; luego, súbitamente, el rostro se contrae sobre sí mismo y la carne se torna polvo y se derrumba y del minero no queda más que un montón de huesos blancos y secos.

Pienso que es hora de no hacer más preguntas, de reemprender mi camino, de aparentar, una vez más, no haber visto nada.

En la noche de San Juan

Es la noche de San Juan y Ricardo, sentado junto a sus padres y su hermana Patricia frente a una fogata, se decide por materializar una idea largo tiempo acariciada: la de incendiar su casa. Quiere sentir el placer de ver el crepitar de las llamas consumiendo las paredes de madera, el destrozarse inexorable de las viejas fotos de abuelos y bisabuelos que cuelgan sus estampas desvaídas en habitaciones polvorientas, el rojo intenso del fuego avanzando entre cortinajes y celosías y dejando al desnudo estructuras que fingen eternidad pero que son sólo tiempo.

Son las diez de la noche. Lo hará a la medianoche: comenzará por los siempre elegantes y vulnerables pinos. Un poco de gasolina será suficiente. Mira a sus padres, que agarrados de las manos parecen haberse reconciliado: tarde, piensa, muy tarde. Mira a Patricia, que lo envuelve con su sonrisa entre enigmática y cómplice. ¿En qué estará pensando su hermanita, tan poco dada a la inocencia que le correspondería por edad? Cómo lo odia. El odio, por suerte, es mutuo.

Once y media de la noche. Las manos le tiemblan a Ricardo. Ya tiene en un bolsillo del pantalón una caja de fósforos y la lata de gasolina se halla a mano. Lo hará aprovechando un descuido, acaso una ida de sus padres y

Patricia al baño o a la cocina. Hay miedo, pero también una sensación de anticipado, perverso placer. Mira a su padre: qué cara de imbécil alegría. Mira a su madre: qué total ausencia de la instintiva sabiduría maternal. Mira a Patricia: qué cara vacua, no presta a ser descifrada. Mira a las llamas: un escalofrío le recorre el cuerpo, una sonrisa se le dibuja en los labios.

A diez minutos de la medianoche, Ricardo va al baño. Acaso son los nervios, piensa. Encerrado en éste es cuando percibe el olor: el sensual, fascinante olor del fuego. Después, el agrio trepar del humo por las paredes. Trata de abrir la puerta, pero no puede: está trancada por fuera. Escucha los desesperados gritos de sus padres y todavía no comprende. Y recuerda la sonrisa entre enigmática y cómplice de Patricia, y comprende.

Sentado, espera el fin, tratando de reconocer con hidalguía la derrota.

Aprendizaje

Carlitos, mi hijo de cuatro años, empujó por el balcón de la casa a Eduardo, su hermano de dos años. Cuando llegué, ya era muy tarde: la pobre criatura era un guiñapo bañado en sangre. ¿Qué podía decirle a un chiquillo de cuatro años que no entendía lo que había hecho? Le dije que lo que había hecho estaba muy mal, y que no lo volviera a hacer.

Mi esposa y yo tuvimos dos hijos más. Carlitos cumplió ayer diez años y puedo decir por lo pronto, uno nunca sabe, que aprendió la lección.

Juegos

Todo comenzó con la idea de la profesora Torrez de hacernos representar, una vez a la semana, un fragmento de la historia de Bolivia. Su propósito, no lo dudo, era evitar en nosotros el tedio que nos visitaba en cada una de sus clases. Lo logró con creces: era interesante ser, por un intenso momento, Mayta Kápac, Juana Azurduy, Warnes, Busch. Palabras opulentas reverberaban en el recinto, gestos ya inmortales cobraban vida, las páginas de los textos adquirían significado.

Pronto, el interés se extremó: las esqueléticas estructuras narrativas dieron paso a complejos guiones preparados por la profesora Torrez, nuestras ropas vulgares cedieron su lugar a disfraces alquilados o comprados que imprimían mayor realismo a la escena, fines de semana fueron empleados en el ejercicio y perfeccionamiento de los roles. No nos importaba nada más que la historia, nuestra historia.

Un día Solózano me dijo que se había cansado de la simulación y que quería convertir la actuación en realidad. Le entendí al instante: después de meses de simular la realidad, yo también estaba dispuesto a ir un poco más lejos. Colgar a Villarroel no debía entenderse como simular colgar a Villarroel sino, simplemente, *colgar a*

Villarroel. Nos dispusimos a formar un grupo secreto. En menos de tres días, ya éramos siete. En menos de una semana, ya éramos todo el curso.

El primer periodo que elegimos fue el del golpe de estado de García Meza. Lo llevaríamos a cabo el primer sábado del próximo mes, en un descampado a orillas del río Rocha. Para procurar espontaneidad, resolvimos que no existieran ni guión ni ejercicios; una vez asignados los roles a la suerte, cada uno se encargaría de informarse de su personaje, de conseguir armas y municiones, disfraces y frases memorables.

Los días pasan y el nerviosismo crece en el curso. Nadie menciona el tema, pero éste está presente de manera omnímoda desde la asignación de los roles. La risa histérica de Oropeza testimonia su intranquilidad, su desconsuelo de tener que oficiar de Arce Gómez. Alba y Villamil, paramilitares, despliegan arrogancia al por mayor. Yo no me puedo quejar: haré de García Meza, estaré en el centro de los acontecimientos, de mis órdenes dependerán vidas, de mi voz y mis actos dependerá la historia. Será magnífico.

Eso sí, no lo puedo negar, al ver el rostro de Borda, que a veces muestra orgullo y a veces miedo, siento pena por él: con su mala suerte acostumbrada será, para nosotros, Marcelo Quiroga Santa Cruz.

Leyenda de Wei Li y el palacio del emperador

Una mañana, el anciano Wei Li fue convocado al palacio del emperador. Había vivido toda su vida en una pequeña aldea de pescadores y no sabía dónde quedaba el palacio, aunque lo imaginaba en la capital del imperio, a la que nunca había visitado todavía. Cuando preguntó por instrucciones en el mercado, un guardia le dijo que el palacio estaba en todas partes, que el palacio era el imperio. Tus pies descalzos pisan ahora uno de los pasillos del palacio, le dijo; tu choza se halla en uno de los jardines del palacio; toda esta aldea, le dijo, es parte del palacio. No tiene sentido ir a la capital en busca del palacio porque el palacio ya está aquí.

Wei Li entendió y pensó que la mejor forma de obedecer la orden era retornar a su choza y esperar en su habitación la llegada de una nueva orden.

A la semana siguiente, dos guardias aparecieron en su habitación y lo sacaron a rastras de su choza. Wei Li fue ejecutado en el acto y su cabeza fue clavada a una pica en el centro del poblado, para escarmiento de quienes se atrevían a desobedecer el llamado del emperador.

Imágenes del incendio

El incendio comenzó en la madrugada y se propagó con una furia incontenible por los pastizales resecos que había dejado un verano sin lluvia por las colinas de Barranco; a las diez de la mañana se ordenó la evacuación de todo ese sector residencial de clase media-alta. Al mediodía, ante el esfuerzo casi inútil de bomberos no preparados para contener un fuego de semejante magnitud, comenzaron a arder las primeras casas que por décadas y décadas se habían erguido, ostentosas y sin humildad alguna, en barrios con la ciudad a sus pies por un lado, y por el otro el mar.

Era un espectáculo fascinante. Mi hermano y yo lo mirábamos por CNN, que desde la madrugada transmitía todos los pormenores en vivo. Hermosas escenas de perros y gatos atrapados por el fuego, entrevistas a desesperados burgueses llorando las fotos de familia incineradas y el desaparecido hogar construido a base de "tanto sacrificio", tomas dramáticas de bomberos intoxicados y de reporteros arriesgando la vida en aras de servir a la población, interrumpidas sólo por los comerciales: la regocijada señal de que ni siquiera las catástrofes detenían la marcha incesante del comercio.

Mi hermano había encendido el televisor temprano y había buscado CNN sin dilaciones: era un adicto a las noticias. Siempre afirmaba que las crueles y a la vez inofensivas imágenes de la realidad en CNN eran su telenovela, una telenovela mejor que cualquier otra. *Doscientos muertos en un terremoto en India: detalles en ocho minutos. ¿Quién asesinó a esta madre soltera? Descúbralo a las siete.* Yo salía de la casa cuando me atrapó la panorámica imagen, desde una cámara en un helicóptero, de Barranco rodeado por el mar y el avance del fuego. Una imagen hipnótica que conmovía también al reportero describiendo la escena con gastados superlativos que, gracias a una voz quebrada por la emoción, aparecían dignos, recubiertos de originalidad. Me senté al lado de mi hermano. No había nadie más en la casa. Mis padres y Eugenia ya se habían ido.

Después de un buen rato, recordé lo que sucedía y me quise ir. Se lo dije a mi hermano, pero no me escuchó, absorto como estaba en la casi mística contemplación de las imágenes. Me levanté, y entonces vi la toma de la hermosa casa blanca al borde del acantilado, y el fondo azul y celeste del mar y el cielo divididos por la raya del horizonte; un rápido corte, y entonces vi las llamas dando fin con el pasto y los árboles del elegante jardín de la casa. Me volví a sentar.

El periodista informó que se creía que todos los habitantes de la casa ya la habían evacuado. Yo sabía que estaba equivocado.

Los premios en Noguera del Campo

La ciudad de Noguera del Campo se caracteriza por una tradición harto peculiar, una suerte de exageración de ciertas tendencias existentes en otras ciudades de la región desde la colonia: la de celebrar con reconocimiento público cada uno de los triunfos de cada uno de sus vecinos, desde los más encumbrados hasta el más humilde. El reconocimiento puede tomar varias formas: una medalla, el bautizo de una calle o una plazuela con el nombre del celebrado de turno, la comisión de una estatua con sus rasgos, a veces la declaración de un feriado municipal. Pedrito Olmos, ganador del concurso de poesía para niños de kínder con una *Oda a la mamá*, fue reconocido con el bautizo de un callejón sin salida con su nombre; María Suaznabar, que triunfó en el concurso para encontrar el slogan ideal para la promoción turística de la ciudad (*Noguera del Campo: donde siempre hay campo para usted*), fue reconocida con el bautizo de una plaza con su nombre; Raúl Reyles, que ganó el concurso de dibujo "Nuestro alcalde bombón y Kevin Costner: ¿simple parecido o algo más?", fue premiado con el cargo honorario de *Dibujante Oficial de Su Excelencia y Amigo Predilecto de las Artes Bellas y de las Otras, no tan Bellas pero Artes al Fin.*

Noguera del Campo tiene un promedio de tres estatuas por calle, y los escultores, a quienes nunca les falta dinero, se quejan siempre por exceso de trabajo; los trabajadores municipales tienen los rostros estragados por el poco sueño y el continuo corretear de una ceremonia a otra; la Casa de la Moneda produce más medallas para Noguera que monedas para el país entero; y hay calles y parques que suelen tener cuatro o cinco nombres al mismo tiempo.

Todo ello sería peor si no fuera por el hecho de que en Noguera, tanto como se premia un triunfo, se castiga una derrota de la misma manera: ni siquiera el segundo lugar lo salva a uno. Pedrito Olmos no ganó en el siguiente concurso de poesía en que participó, e inmediatamente el callejón sin salida perdió su nombre. Olivia Fernández, Miss Verano 1993, entregó el cetro a Carla Sotomayor en 1994, y con el cetro entregó también el nombre del Palacio de Justicia. Cuadrillas municipales rastrillan la ciudad al atardecer, con la lista de estatuas a retirar de las calles y a depositar en galpones a esperar la faena del tiempo. Tarde o temprano, todas son retiradas.

Sin embargo, hay una excepción: es la estatua de Roberto Zelada, que se encuentra en la intersección de las calles Azurduy y Gorriti desde 1883. Ese año, Zelada ganó un concurso nacional de pintura, con una idílica y hoy juzgada mediocre acuarela de un paisaje rural. Al día siguiente de la ceremonia de presentación de su estatua, Zelada desapareció de la ciudad y nunca más se supo de él.

La ciudad de los mapas

A Italo Calvino

La ciudad de Aguamarina es también conocida como la ciudad de los mapas. Hacia 1953 un error tipográfico hizo que el mapa oficial de la ciudad fuera publicado atribuyendo nombres distintos de los verdaderos a todas sus calles y plazas: la calle Benedicto Romero se llamaba María Dolores y la calle Naucalpan se llamaba Cienfuegos y la Cienfuegos se llamaba Benedicto Romero... La alcaldía no poseía dinero en su presupuesto anual para hacer reimprimir el mapa, de modo que ciudadanos y turistas debieron valerse de él por un año. Sin embargo, descifrar el mapa, tratar de llegar de un lugar a otro siguiendo nada más que sus instrucciones, se convirtió pronto en el pasatiempo del lugar. Era obvio, la ciudad era pequeña y la gente no necesitaba de mapas para ir de un lugar a otro; el secreto del juego consistía, precisamente, en olvidar esa obviedad y tratar de valerse únicamente del mapa. Para los que conocían Aguamarina, eso no fue sorpresa: una ciudad muy pequeña, donde la vida discurre tan tediosamente como en las grandes ciudades pero sin las varias posibilidades de esconder dicho tedio existente en las grandes ciudades, donde hacer circular el rumor corregido y aumentado de los amores del párroco y el desfalco de la sucursal del banco adquiere las características de un arte refinado y de perversa sensualidad, necesita siempre de nuevos alicientes para que lo permanente adquiera nuevas formas y dure.

Pero nadie sospechaba que en los mapas Aguamarina encontraría su destino. Una petición que circuló de mano en mano convenció a la alcaldía de mantener los errores tipográficos de 1953 en el mapa de 1954, o en su defecto cambiar los errores por otros errores. Se eligió la segunda opción. Una ciudad más pasaba así, casi de manera inadvertida, a ser *la ciudad de los mapas*. El azar, una vez más, era el motor de la historia.

En los años 60, el error adquirió características de sofisticación al aparecer diversas ediciones clandestinas de mapas que competían y ganaban en originalidad a los que publicaba el municipio. Algunos de estos mapas se publicaban en costosas ediciones limitadas, impresos en seda china o terciopelo, numerados y con firma del autor; del mapa Malloy, por ejemplo, en que su creador, un arquitecto misántropo y casi ciego, había eliminado siete calles de la ciudad original, añadido veintitrés plazuelas y un riachuelo que cruzaba la ciudad de norte a sur, y alterado dieciséis nombres de lugares turísticos, existían apenas seis copias; millonarios y fanáticos insomnes pugnaban por ellas. Hubo algunas muertes jamás aclaradas.

Una historia de Aguamarina y sus mapas debería necesariamente mencionar estos hitos: en 1971, la publicación de un mapa en blanco; en 1979, la circulación de un mapa de la ciudad de Nueva York como si fuera de Aguamarina; en 1983, el intento fallido de crear un mapa del mismo tamaño de la ciudad; en 1987, el mapa que contaba en clave la leyenda del Minotauro y que motivó la profusión de niños bautizados con los nombres de Ariadna y Teseo; en 1993, el mapa de la ciudad sin alteración alguna, hecho al que se habían desacostumbrado tanto los aguamarinenses que resultó ser el más delirante, cruel y complejo de todos los mapas hechos hasta ahora.

Otras ciudades han tratado de imitar a Aguamarina. No han podido.

Cuento con dictador y tarjetas

En ese entonces el dictador Joaquín Iturbide era dueño de una fábrica de tarjetas y poseía el monopolio de la venta de tarjetas en el país y un día se le ocurrió declarar el 26 de junio día de la Amistad y las tarjetas creadas para ese día tuvieron un éxito inesperado en la población y lograron ganancias espectaculares para la empresa; ello llevó al dictador a declarar el 14 de agosto día de la Envidia y el éxito también se repitió. Y por su propia inercia la dinámica del éxito continuó y en menos de un lustro todos los días del año estaban copados y había día del Rencor y día de la Novia Infiel y día de los Bisabuelos y día de los Esposos que se Aman pero en Realidad se Odian y día de los Adoradores de Onán y día de los que Quisieran Acostarse con sus Sirvientas y día de los Lectores del Marqués de Sade y día de los que Sueñan con Centauros. Para dar lugar a las nuevas ocurrencias hubo que dividir el día en varias partes: el 3 de enero al atardecer fue declarado momento de los que les Gusta Hacer el Amor en la Oscuridad de un Cine y el 16 de octubre en la madrugada momento de los que No Matan ni una Mosca y el 21 de diciembre al mediodía momento de los nostálgicos por el chachachá. Y así sucesivamente. El dictador ya lograba más dinero anualmente con la venta de tarjetas que con lo que robaba sin disimulo de las arcas del país, pero no quiso dejar el poder. Quería morir con él, ya viejísimo y venerable patriarca.

Cuando le llegó la muerte era en verdad viejísimo. En su honor, la Junta de Notables del país declaró las cuatro de la tarde con veintisiete minutos y quince segundos del 2 de abril como el Fugaz Instante de los Dictadores Perpetuos.

Segunda parte

El soneto en la era de la reproducción mecánica

Mónica ingresa a la tienda donde acostumbra fotocopiar cuando le es necesario, a una cuadra de la universidad. Son las tres de la tarde, el lugar se halla colmado de gente, las dieciséis fotocopiadoras se encuentran en uso. Ella sólo necesita catorce fotocopias de su último poema, un soneto que no niega la influencia de Delmira Agustini, para ciertas personas que aprecian sus balbuceos literarios. Pero no hay apuro, pronto se desocupará una máquina, y entonces camina por entre la gente, atisbando, tratando de descubrir qué es lo que están copiando, acompañada por un rumor de motores desgastados y olor a tinta fresca.

En la máquina 4 un adolescente con lentes de cristal grueso copia un artículo de un libro de Benjamin. En la 5, una muchacha de piel morena y aire intelectual copia un libro de Mariátegui; por las copias ya sacadas, parece que su intención es copiar el libro entero. Qué abuso, piensa Mónica, un libro entero, pobres libreros, pobres escritores. En la 8, un señor de pelo entrecano copia un capítulo de un libro de biología molecular. En la 10, una señora en jeans hace múltiples copias de lo que parece ser un examen de matemáticas. Debe ser profesora, tiene toda la pinta. En la 13, un joven de nariz aguileña multiplica la prosa de Alcides Arguedas en *Wata-Wara*, y en la 14 alguien que parece ser su hermano da al mundo un ejemplar más de *Cien años de soledad*, un libro de Adela Zamudio en la mano, acaso el próximo que va a ser copiado. Nadie parece tener prisa, ninguna máquina se desocupa, Mónica se da cuenta de la enorme cantidad de gente esperando su turno y cree que en esa tarde todos los habitantes de la ciudad se han puesto de acuerdo en fotocopiar. No se siente bien. Tanto papel por todas partes, tanto texto… Ha fotocopiado artículos y poemas prácticamente desde su infancia, pero sólo hoy, sólo hoy por la tarde se da cuenta de lo que significa un universo en que todos se dedican a contribuir a la proliferación de textos.

Siente un ataque de claustrofobia. El mundo se ahoga en papel, piensa recordando vagamente una cita leída en un libro de Sábato (¡tirada de 10,000 ejemplares!), cita que en realidad pertenecía a Kafka, que quién sabe de dónde había sacado la idea… No, ya no quiere copiar su poema, ya no quiere ser parte de la conspiración. Porque, ¿y si a alguno de sus amigos le gusta el poema, y si decide fotocopiarlo para otros catorce amigos, y así sucesivamente, y las copias terminan tanto en una cocina, sirviendo de envoltorio de huevos, o en un prolijo archivo para que dentro de setenta años un profesor interesado en la arqueología de su vida lo desentierre y se ufane de su descubrimiento delante de sus colegas, o en el basurero de una casa en los suburbios de Venice, California, por esos azares del correo? ¡No, no, no, mil veces no! Hay punzadas en el corazón, y un intenso, real deseo de vomitar. Se abre paso a empellones, busca la salida, necesita respirar.

Afuera de la tienda, se tranquiliza poco a poco. Emprende el retorno a casa. La tarde es agradable, de sol tibio y golondrinas que emprenden vuelos rasantes por los tejados de las casas.

Diez cuadras después, cruza por otra tienda de fotocopiadoras. Decide hacer sólo dos copias del soneto. Para mis dos mejores amigas, piensa.

La Odisea

A J. L. B.

Para comenzar tu clase de Literatura universal, habías pedido a tus alumnos que leyeran *La Odisea*. Sin embargo, debido a que olvidaste especificarles cuál traducción era la que debían leer, descubriste, en la primera página, que no todos te entendían: quisiste explicar qué era la musa para Homero, una musa a la que pedía que "a través de él contara la historia de aquel hombre hábil para toda clase de enfrentamientos", pero dos alumnos te dijeron que la palabra musa no figuraba por ningún lugar. Trataste de continuar, pero era imposible: los rostros de incomprensión no hacían más que multiplicarse. Se te ocurrió algo: pediste revisar los 27 libros existentes en la clase. Encontraste, en total, cinco traducciones diferentes. Las pediste prestadas y les dijiste que las leerías en el fin de semana y luego decidirías cuál era la más conveniente. En vez de hacer eso, ¿por qué no les dijiste que leyeran la traducción de Francisco Mejía, que era la que tú dominabas y que siempre habías requerido a otras clases? Acaso porque en ese momento te diste cuenta que querías descubrir nuevas odiseas. Tu oportuno desconocimiento del griego (recordaste a Borges) te permitía ese placer.

Y así, el fin de semana, te dedicaste a leer las diversas aventuras de Ulises y compañía. Porque eran

muy diversas: una versión, la de María Aguirre, colocaba
a Ulises en segundo plano, le daba el rol mayor a la diosa
Atenea y castigaba con furia la hogareña fidelidad de
Penélope. Pedro Robles se hacía la burla, a través de los
adjetivos que utilizaba (los adjetivos expresan la ideología
del escritor, pensaste), del gran héroe Ulises, en realidad
un simple y enamorado hombre de familia que no cesaba de llorar recordando a Ítaca y a su vida burguesa al
lado de Penélope. Sí, ésta era una historia de familia y
también la más grande historia de amor de todos los
tiempos: Ulises y Penélope, separados durante veinte
años, descubren en el reencuentro que nada ha cambiado,
se siguen amando como antes. ¡Veinte años separados y
todavía amándose con la misma intensidad de los primeros días! La audacia de Homero no admitía competidores.

Continuando tu lectura, te topaste con la versión
de Luis Casalz, influida con nitidez por las películas de
aventuras de Hollywood: Ulises era visto como un ante-
cesor válido de Indiana Jones, fuerte, inteligente, prácti-
co y hermoso; los dioses del Olimpo se hallaban
desposeídos de simbolismo mítico, ahora eran nada más
que parafernalia salida del laboratorio de efectos especiales; los cíclopes y demás seres fantásticos eran parientes
de los habitantes de *La guerra de las galaxias*. Luego leíste la traducción de Daniel Tannenbaum, que daba pie a
pensar que el autor había leído el *Ulises* de Joyce: las
hazañas de Ulises eran cosas normales para su tiempo y
podían compararse con las rutinarias aventuras de cualquier hombre en la ciudad de hoy (vencer a Escila y
Caribdis no era más glorioso que soportar, en una tarde
de pasmoso calor, un embotellamiento del tráfico en el
centro o en alguna avenida). Por último, leíste *La Odisea*
de Josefina Ávila, acaso la más audaz: se atrevía a ser lo

más fiel posible a Homero. La literalidad era asfixiante, pero al menos le permitía a Ulises desprenderse de siglos de interpretaciones paranoicas y volver a ser el Ulises del mundo helénico por un buen rato.

La madrugada del lunes todavía no sabes qué hacer. El problema es que cada una de las versiones es, a su modo, válida. Una vez más, un lugar común te atrapa: la única *Odisea* auténtica es la escrita en griego, y cualquier traducción es ya una corrupción. Tan fácil mofarse de los lugares comunes, tan difícil eludirlos cuando te cercan... ¿Cómo, esta vez? ¿Tratando de señalar diferentes grados de corrupción y escogiendo la versión menos corrupta? Pero, menos corrupta, ¿para quien? Siempre has defendido la extrema libertad de la lectura, el derecho del lector a interpretar la obra como le parezca, incluso a no interpretarla. En ese sentido, cada traducción es una lectura de *La Odisea*, tan válida como cualquier otra. Tan válida, te atreves a decir, como la de Homero: odias que exista una interpretación madre, incluso si ésta se trata de la interpretación del mismo autor.

¿Y si te dejaras de complicaciones y escogieras, simplemente, la versión que más te gusta? ¿Acaso, a pesar de la pompa y la retórica grandiosa, la literatura no se reduce a una cuestión de gusto, a ese gusto que te hace preferir Raymond Chandler a Balzac? Estás a punto de hacer eso cuando se te ocurre una idea mejor.

Recordando que para tu clase es obligatorio leer al menos seis libros clásicos, decides dar a leer a tus alumnos las seis versiones de *La Odisea* que conoces: las cinco que acabas de leer, y la de Francisco Mejía. Seis libros diferentes, en verso y prosa, en el castellano de España y en el de México y Argentina, Ulises y Odiseo, el mundo helénico y la postmodernidad. Sabes que cometes una injusticia con Dante y los demás que habías planeado hacerles leer, pero te consuelas pensando en Nabokov, que decía que uno aprendía más leyendo un libro a fondo que muchos superficialmente. Por supuesto, sabes muy bien que esas seis versiones son apenas un pequeño muestrario: ¿cuántas versiones existen que tú no conoces? No quieres ni pensarlo.

Renuevas tu promesa de décadas atrás, la de aprender griego lo más pronto posible. Pero, en el fondo, sabes que nunca lo harás.

Fábula de la ciudad blanca y los graffiti

La Ciudad Blanca nació hacia 1622, cuando a un virrey caprichoso que la visitaba se le ocurrió ordenar que todas sus casas fueran pintadas de blanco. Sus habitantes, generalmente olvidados por la autoridad, se sintieron envanecidos por el interés que el virrey parecía tomar en ellos y decidieron cumplir su orden sin protestas ni dudas. Con el paso del tiempo la ciudad perdió su nombre original y se convirtió en Ciudad Blanca. Los años se sucedían, los siglos se sucedían, y las casas y los edificios y los monumentos y todo aquello que formaba parte del paisaje urbano (bancos en los parques, faroles en las calles) eran pintados de blanco, sin que nadie se atreviera a contrariar la norma, ni siquiera partidos políticos en tiempos de elección. Sus habitantes, al ser preguntados por el porqué de persistir de manera tan obsesiva cumpliendo dicha costumbre, respondían que la tradición tenía razones que la razón no conocía.

Así continuó la historia, hasta que un día de marzo de 1990 una de las paredes del edificio de la Prefectura amaneció con un graffiti de letras anaranjadas atravesándola de lado a lado: *¿Quién apresó el relámpago del frío y lo dejó en la altura encadenado?* Era la afrenta mayor, la bofetada artera y audaz. ¿Quién podía haberlo hecho? ¿Un individuo actuando por su cuenta, o, por esas mezquindades propias del regionalismo, los agentes de una ciudad como Piedrales? Conjeturas iban y venían, el orgullo enardecido de la población exigía venganza. La Prefectura retornó a su blancura original, se incrementó la vigilancia policial de edificios públicos, se ofreció recompensa por la captura del culpable. Al día siguiente, la catedral ostentaba, en letras violetas, un graffiti que decía: *Que sea larga tu permanencia bajo el fulgor de las estrellas.*

Después, pese a denodados intentos de la policía, de las tropas del ejército que el gobierno había puesto a disposición de Ciudad Blanca ("¡Un ataque a cualquiera de sus paredes es un ataque a la nación entera!", había dicho el presidente), de investigadores privados, de ciudadanos organizados en grupos encargados de vigilar sus barrios, los graffiti continuaron apareciendo, uno por día y en diversos colores: eran, entre otros, *Ay más que sangre somos huesos, cal que nos roe lágrima a lágrima,* y *Una flor que llaman girasol y un sol que se llama giraflor* y *El silencio es una rosa sobre su pico de fuego* y *Plural ha sido la celeste historia de mi corazón* y *Detente, sombra de mi bien esquivo* y *¡Oh, cómo te deslizas edad mía!* Las paredes volvían a ser pintadas de blanco, pero era inútil, el proceso recomenzaba al día siguiente.

El invierno de aquel año encontró a la ciudad envuelta en una atmósfera de depresión colectiva. No habría paz hasta que no se encontrara al Poeta (la imaginación popular había bautizado así, sin mucho esfuerzo, al autor de los graffiti). Las teorías para develar el enigma proliferaban. Alguien especuló que la solución se hallaba en el *fondo* y la *forma* de los graffiti, pero por ahí no se llegó a mucho, apenas a la conclusión de que la poesía era un misterio, lo cual no sorprendía a nadie: para los habitantes de Ciudad Blanca, *la poesía siempre había sido un misterio*. Alguien insinuó que se arrestara a todos los poetas y lectores de poesía de la ciudad (que eran pocos), idea que sedujo a muchos pero que el Prefecto descartó por considerarla poco sutil.

Lo cierto era que algo debía hacerse, de manera urgente. Entonces fue que a alguien se le ocurrió que no sería mala idea intentar combatir al Poeta con sus propias armas; acaso si, una mañana, todas las paredes de la ciudad (y no sólo las paredes, sino todo aquello que se hallaba pintado de blanco) amanecieran pintarrajeadas con graffiti, entonces el Poeta no podría continuar con su obra, y quizás después de un tiempo entendería la decisión unánime del pueblo de preservar sus tradiciones a toda costa, y se daría por vencido. Luego, los graffiti serían borrados y todo volvería a la normalidad. La idea fue tildada de ridícula al principio, pero ante la falta de otras opciones fue ganando aceptación; la prefectura la aprobó, y se eligió el 2 de julio como el día en que se llevaría a cabo el plan. Un millonario donó a la ciudad un cuantioso número de libros de poesía, para que éstos fueran saqueados a su antojo por los ciudadanos.

El 2 de julio, la ciudad era un graffiti inmenso, un poema hecho siguiendo la técnica del *collage*. Frases de todos los colores, letras de todos los estilos, poetas de todas las edades adornaban Ciudad Blanca. Era una orgía de luces y contrastes, una explosión de sentido y sinsentido, un encuentro y desencuentro de caligrafías y versos, *Cosa grave es la esperanza* junto a *Nada como la esperanza*, *Hay golpes en la vida* con *No hay nada más sin golpes que la vida*. Los ciudadanos, caminando sobre el poema, se congratulaban por la labor cumplida.

Sin embargo, cuando quisieron volver a la normalidad, se dieron cuenta que no podían: todas las frases que eran borradas un día retornaban insidiosas, a la vez ambiguas y precisas, reveladoras e impenetrables, al día siguiente.

Hoy, Ciudad Blanca es conocida como Ciudad Graffiti.

Los siete gatos grises

A José Donoso

La primera vez que me visitó la imagen de los siete gatos grises la juzgué fascinante y traté de sacarle provecho, de utilizarla como punto de partida para un cuento o de entreverarla en algún recodo de una historia compleja, acaso en algún capítulo de mi estancada novela. Pero todos mis intentos fueron vanos y después de ir a dar a varios puntos sin retorno decidí tratar de olvidar la imagen, descartarla de mis archivos literarios. No fue posible: ella, obsesión de obsesiones, retornaba a mí en sueños, en pesadillas, en clases de ciencias políticas, en el sublime clímax del sexo.

De modo que aquí estoy, intentando escribirla, tornarla en palabras para exorcizarla así de mí. Es una imagen inconexa, carece de un antes y un después, viene desprovista de antecedentes, no es el eslabón de un argumento, la clave para entender alguna narración, un símbolo de perversa ambigüedad: en suma, no pertenece a la literatura, al menos a lo que yo entiendo por literatura; es, pura y exclusivamente, una imagen: al alba, al salir de casa para dar mis acostumbradas vueltas a la manzana, observo, en la acera de enfrente, desperdigados, siete gatos grises muertos.

Puedo proveerla de algunos antecedentes: dos años atrás la gata de los Gamarra, que viven al lado de mi casa, dio a luz a los siete y falleció. Los Gamarra obsequiaron los gatos a casi todo el vecindario. Uno de ellos llegó a dar a mí. Y se sucedieron dos años y los gatos vivieron felices y nosotros también, hasta que un día aparecieron muertos. Entonces, las sempiternas preguntas: ¿quién lo hizo? ¿y por qué? Sé que respondiendo estas preguntas podría escribir un cuento meritorio, pero no llego más allá de la invención de algunos personajes y después todo es bruma, la historia se disuelve sin haberse iniciado, la trama agoniza sin ver la luz, todo es bruma, nada más que bruma.

Pudo haber sido Miguel, el hijo de los Álvarez que me trae vagas reminiscencias al Tadzio de Thomas Mann; elegirlo como culpable me proveería de dos convincentes párrafos acerca de la crueldad de los niños. Pudo haber sido Pamela, diecisiete años, recién abandonada por su primer amor; de una manera elíptica, sugestiva, podría vincular este abandono con la necesidad de un desahogo, una catarsis de los instintos primitivos que alberga todo ser humano. Pudo haber sido el doctor Espinoza, quien, después de haber leído la noche anterior a Poe, habría cobrado una exorbitante aversión hacia los gatos; ello me daría oportunidad para abordar el tema del poder de sugestión de la gran literatura, de su influjo en nuestra existencia, tema caro a todo escritor, quizás la principal víctima de ese poder de sugestión. Quizás la única víctima.

Pudo haber sido Roberto Lozada, universitario, quien continuaría así la trayectoria de su padre, para quien no había diversión mayor que la de ahogar canarios, de su abuelo, que poseía cuarenta y nueve técnicas para torcer pescuezos de gallinas, y así sucesivamente.

Podría, entonces, desarrollar el tema de la imposibilidad de escapar al llamado de la sangre, al feroz clamor que corre de generación en generación, tema que por sus inevitables reminiscencias podría constituir el cuento en un homenaje privado al hombre que imaginó Yoknapatawpha antes que nadie.

Pudo haber sido mi madre, sin motivos discernibles. Ello me podría enviar a las filas de la *avant-garde*, porque no hay tema más contemporáneo que la ausencia de motivos, de racionalidad en nuestras acciones. Elogio de la tautología: lo hizo porque lo hizo. Lo hizo porque no tenía por qué hacerlo. Simple, lisa y llanamente, lo hizo.

Pude haber sido yo: podría así escribir un lacerante autoanálisis, desnudar los monstruos que me habitan, exhibir la podredumbre de mis ciénagas interiores, convertir mis corrupciones en una temible metáfora de la condición humana.

Pudo, en fin, haber sido algún desconocido. Habría un detective asignado al caso. La búsqueda abandonaría el vecindario, se prolongaría por toda la ciudad, y terminaría abarcando todas las ciudades del planeta, que no serían más que diferentes rostros de una misma ciudad. No habría solución, el orden de las cosas no sería restituido. El asesino, libre, musitaría en la última página que si Dios no existe todo está permitido. Así, en una sola historia, se entremezclarían Conan Doyle y Melville, Borges y Calvino, Kafka y Dostoievski: *el súmmum* del postmodernismo, la intertextualidad en su apogeo, la gloria de la reescritura, de las citaciones, del *collage*, de los universos prestados para crear un nuevo universo, de la unificación de las narraciones en la Narración.

No podría terminar de enumerar todas mis opciones: tengo tantas que me permitirían continuar con mis ambiciones literarias, proseguir construyendo al escritor que quiero ser... Tantas pero nada, ninguna cobra vida, la bruma lo difumina todo y los siete gatos grises permanecen desperdigados en la acera de enfrente, su fetidez empezando a contaminar el vecindario. Y debo contentarme con estas digresiones, estos ocho párrafos acerca del infinito de posibilidades de la literatura confrontadas con la duda, la inexperiencia, la inseguridad, el pavor, acaso la mediocridad del hombre enfrentado a ellas.

En memoria de Iván Zaldívar

Hoy se cumplen cinco años del fallecimiento de Iván Zaldívar. A manera de homenaje merecido, es justo recordar un poco su escasa pero lúcida trayectoria. Un poco, porque él no hubiera querido más.

Iván Zaldívar nace en Tarija, Bolivia, el 31 de diciembre de 1947. A los 14 años abandona el colegio e ingresa a trabajar de ayudante de tipógrafo en una imprenta; en los ratos libres, lee con avidez y escribe cuentos. En 1967 publica su primer libro de cuentos, *Ausencia*. El libro, que consta de 17 cuentos en que el más largo no excede las cuatro páginas, es recibido con elogios por la crítica y el público, que admira en él su abordaje breve, elíptico pero a la vez profundo y sutil de los temas esenciales de la aventura humana. Ese mismo año, en la única entrevista que concede en su vida, declara su amor por lo breve, y dice que su máxima aspiración es escribir la más bella narración, tan compleja como *Los hermanos Karamazov* o *Gran Sertón: Veredas*, en el espacio de una página, "y si fuera posible de un párrafo, y si fuera posible de una línea, y si fuera posible de una página en blanco". Dice también que desconfía del lenguaje, que las palabras sirven más para esconder que para revelar, y que la tarea del escritor de hoy es "encontrar un nuevo lenguaje, o una nueva forma de expresión que pueda llegar a los lugares donde el lenguaje no llega, que pueda revelar lo que el lenguaje no puede".

Después de once años de mutismo absoluto, en que nadie sabe nada de su paradero (acaso una villa perdida en las selvas del Beni, acaso un poblado de pescadores en Japón), Zaldívar publica en 1978 su segundo libro de cuentos, que no lleva título. En dicho libro, que continúa abordando los temas del primero pero de una manera aún más profunda, la parquedad ha sido explorada hasta los límites mismos de su disolución: ninguno de los 17 cuentos que lo conforman excede una página; el silencio sobrevuela cada una de las narraciones y le presta unidad; los personajes, más que hablar, balbucean: tienen muy poco que decir, y ese poco es prácticamente inexpresable; los decorados son austeros; las descripciones de personas, situaciones y paisajes, mínimas pero de una máxima precisión. El tono general es de desolación, melancolía, angustia. El libro repite el éxito de crítica y de ventas del primero. Zaldívar, acosado por la prensa y sus admiradores, se niega a hablar y se refugia en una población del altiplano paceño. Las cosas que se saben de él hasta entonces son muy pocas: no se había casado, no se le conocían aventuras amorosas; no salía de su casa para nada; no le gustaban el cine ni la televisión, leía muy poco (lo único que le había producido admiración eran algunos textos de Beckett y las fábulas de Monterroso) y escribir para él era un suplicio; desdeñaba por igual la fama y la gloria de la eternidad literaria; era indiferente a la política y al dinero; era, en palabras de un crítico de reconocido prestigio, "un espíritu austero, acaso más austero que el altiplano en que se recluyó".

Los años 80 marcan la época de su proyección universal. Ya para 1983 sus cuentos han sido traducidos a 47 idiomas y abundan los premios internacionales y los doctorados *honoris causa* (que no se molesta en aceptar ni rechazar). En 1984, Zaldívar publica la obra que sacude al mundo literario: no tiene título y sus 56 páginas carecen de una sola palabra escrita. Así, sus devaneos con el silencio llegan a su punto máximo de expresión. Las interpretaciones se multiplican: cada lector, enfrentado con las páginas en blanco, encuentra en ellas lo que le parece ("como en cualquier novela", opina la semióloga Ada Fernández), pero hay una suerte de consenso en señalar que la obra es en extremo "angustiosa, melancólica y desoladora". La crítica, esta vez, no es unánime en el aplauso: se señala que si bien la obra de Zaldívar es capaz de revelar lo que el lenguaje no puede, es al mismo tiempo capaz de esconder lo que el lenguaje no puede. También se habla de una capitulación, de una escritura impotente para defenderse ante los embates "de la incomunicación entre los hombres, del silencio, del absurdo, de la nada". Los más extremistas opinan que el mundo de Zaldívar "prescinde no sólo del lenguaje como medio de expresión, sino del escritor como parte integral de una sociedad, un tiempo, una historia".

Ajeno a todos aquellos debates, el 4 de diciembre de 1985, a los 37 años de edad, Iván Zaldívar fallece a consecuencia de un ataque cardiaco. Su legado reside en las escasas páginas de una obra lúcida y admirable y en su ejemplo de "despojamiento perfecto". Hoy, la influencia de sus libros, en especial del último, es inmensa en las nuevas generaciones de escritores: cada vez existen más poemas sin palabras, cuentos sin títulos, novelas de capítulos sin palabras. El escritor del momento, el italiano Franco Barucchi, ha llegado a ese sitial con sólo dos libros publicados y ni una palabra escrita. Pero la influencia de

Zaldívar no se detiene en los escritores: la parquedad abunda hoy tanto en discursos presidenciales como en tesis de grado, los periódicos y revistas disminuyen constantemente sus páginas, la televisión transmite partidos de fútbol sin locución, las conversaciones cotidianas son escuetas, la concisión envuelve las ciudades del mundo. Incluso, una popular actriz alemana ha declarado que le gustaría "hacer el amor con el absoluto silencio cargado de significados de una página de Zaldívar".

Si bien, a despecho de sus éxitos de hoy, es todavía imposible pensar que algún día el silencio zaldivariano se instituya como la forma más universal de comunicación entre los hombres, no lo es pensar que gracias a Zaldívar la palabra, usada y abusada hasta la saturación, se ha dado una pausa y ha iniciado el camino de recuperación de su original esplendor e importancia. Ésa, y no otra, es la principal contribución de Iván Zaldívar a la literatura y al mundo. Hoy, a cinco años de su muerte, es justo reconocerlo por un instante. Por un instante, porque él no hubiera querido más.

Penélope

Ernesto conoció a Nicola en Amberes un martes a la hora del crepúsculo, cerca de la catedral sitiada por turistas deseosos de conocer una catedral sitiada por turistas; él se dirigía a su departamento después de clases de economía internacional cuando ella lo detuvo y le preguntó por el camino más corto para llegar a la casa de Rubens; él, al responder, miró el rostro y encontró los grandes ojos grises y las cejas pobladas y no quiso separarse más de ella. Una charla breve lo enteró de que ella viajaba por Europa en tren y no tenía dónde dormir esa noche; después de explicarle que a esa hora Rubenshuis ya estaba cerrada, le ofreció un espacio en su living y mostrarle Amberes al día siguiente. Ella aceptó: ése fue el inicio.

Esa noche, casi sin palabras y de una manera tan natural que terminaba por parecer exageradamente innatural, ambos se descubrieron atraídos el uno por el otro; después del primer beso, en la cocina después de una cena de tallarines y vino blanco, él quiso teorizar y llamar a lo que les sucedía amor a primera vista; ella se rió con un tono burlón y le pidió un pacto de silencio con respecto a definiciones acerca de lo que les ocurría. *Dejemos hablar al viento*, dijo, y a Ernesto le gustó la frase, la encontró muy original. Después, dejaron hablar al viento. A las cuatro de la mañana, sólo el agotamiento físico logró hacerlos dormir.

El miércoles, el conocimiento que Nicola logró de Amberes se redujo al departamento de Ernesto, del cual no salió hasta la noche, en que de manera intempestiva se levantó de la cama y decidió continuar viaje pese a los ruegos de Ernesto, el tren a Berlín partía en una hora. Mientras se lavaba la cara balbuceó una promesa de un pronto retorno, y él no supo si llorar o creerle. Después de agotar imploraciones, decidió creerle. Quiso saber más de ella antes de la pronta despedida pero ella permaneció en la reticencia. No quiso decirle cuál era su apellido, ni darle su dirección o su teléfono, ni tan siquiera el nombre de la ciudad donde vivía. Arregló su cabellera rubia, se colocó un pantalón azul sucio y raído, ordenó sus escasas pertenencias en su mochila y trató de susurrar una despedida. Ernesto no la dejó; acaso recordando grandes momentos románticos del cine, le dijo que la acompañaría a la estación. Al rato, ambos salieron a la llovizna de la noche.

En la estación, hubo abrazos y besos apasionados; también, la promesa de ella de mandar una postal de cada ciudad que visitara hasta el día de su retorno a Amberes; también, la promesa de él de ser su Penélope en la nueva Ítaca, de aparentar dedicarse a sus estudios y al presente mientras en realidad se dedicaba a esperarla. El tren a Berlín llamó por última vez a sus pasajeros, y Nicola lo abordó y él intentó buscar su rostro en los rostros de emociones dispares en las ventanas, y no lo encontró. Mientras el tren desaparecía de la estación, Ernesto tembló ante la visita vívida de la imagen de los dos lunares que había encontrado yaciendo juntos en el seno izquierdo de Nicola.

Después vinieron, crudos, implacables, días y más días ausentes de Nicola. Era febrero, y Ernesto terminaba su año de intercambio en la universidad en mayo, para luego retornar a Bolivia; pero, ¿retornaría, si hasta esa fecha no retornaba ella? Tenía la certeza de que no lo haría. Bolivia se había esfumado repentinamente de su vida, así como se habían esfumado su familia, sus amigos, la misma universidad. Poco a poco dejó de asistir a clases, de salir de su departamento hacia calles siempre ajetreadas, hacia bares siempre alegres y bulliciosos. Lo suyo era una obsesión, lo sabía, pero no podía hacer nada por combatirla: ¿y si en una de esas salidas regresaba Nicola y sucedía el desencuentro? Mejor quedarse en ese micromundo de empapelado barato y una radio de locutores que hablaban un holandés que le era incomprensible, a lo sumo escaparse hacia el supermercado de la esquina o hacia el buzón del correo que deparaba, ominosas en su constancia, postales que en el anverso enseñaban que aunque una ciudad no fuera fascinante, un fotógrafo de clase podía lograr que lo fuera, y en el reverso nada más que su nombre y su dirección escritos en letra infantil, ni una línea más de ella, ni siquiera un saludo de compromiso, una frase de ocasión, maldita sea mil y más veces. ¿Y cómo enojarse con ella? Después de todo, ella no había prometido escribir sino enviar postales.

Mayo llegó pero ella no. Las ciudades, que habían elaborado un abanico desde Alemania a España en el mapa en que Ernesto trazaba su trayectoria, se habían tornado africanas por ese entonces. Ernesto, que había perdido el año en la universidad, logró con descaradas mentiras que la generosidad de sus padres se convirtiera en estupidez y fue obsequiado con el financiamiento de un supuesto viaje cultural por Europa. Con ese dinero, y con el que obtuvo vendiendo muebles y utensilios de su departamento hasta quedarse nada más que con un colchón en una esquina de su dormitorio y una lámpara de noche, pensó que le alcanzaría para subsistir hasta diciembre. Ya en esos días tenía la barba crecida y solía pasar horas enteras tirado en el parqué mirando al techo del living; lloraba seguido, farfullaba himnos militares aprendidos en su adolescencia, y en las noches tenía el sueño recurrente de que ella había muerto en el descarrilamiento de un tren. Un día un amigo peruano lo visitó de sorpresa y lo encontró desnudo, masturbándose; Ernesto lo miró con los ojos vacuos, incapaz de reconocerlo, y el peruano se fue y no volvió más.

En noviembre retornó la esperanza, cuando las primeras postales del sur de Italia empezaron a llegar. Ella emprendía el retorno, ella pronto estaría por aquí. Sin poder contener la euforia, fue trazando en el mapa las líneas que le indicaban esas imágenes rectangulares que simulaban la realidad con desenfadado artificio: Napoli, Roma, Firenze, Venezia, Viena, Munich, Heidelberg, Amsterdam, y el primer lunes de diciembre, Bruselas. ¡Bruselas! A sólo cuarenta minutos de Amberes... Con la seguridad de que ella llegaría esa semana, ese día él se afeitó, compró un barato vino blanco, y barrió el polvo interminable y las ubicuas pelusas que creaban surrealistas animalillos en el departamento. Antes de dormir, pensó que no había cumplido con la promesa que le había hecho a Nicola en la estación, de aparentar dedicarse al presente mientras se dedicaba a esperarla. No había aparentado nada, se había descolgado del tiempo y del espacio por casi todo un año. *Las cosas que uno hace por amor*, fue la última frase que dijo con orgullo antes de caer en el sueño.

El martes, nada sucedió.

El miércoles, Ernesto recibió una postal de Amberes. ¡Ella estaba en la ciudad! Presa de la excitación, su primer impulso fue tratar de descifrar el matasellos de tinta desvaída y correr hacia ese lugar, pero sus esfuerzos fracasaron. No le quedaba más que esperar. Se dedicó a caminar con frenesí de un lado a otro del departamento mientras el sudor humedecía su cuerpo y su ropa. Al más mínimo ruido en el pasillo afuera de la habitación, corría hacia la puerta y la abría con fuerza. Nada. La noche llegó sin rastros de Nicola.

El jueves, la tensión le hizo pensar repetidas veces en el suicidio. Pero decidió esperar.

El viernes, vació la botella de vino y vomitó al mediodía y al atardecer.

El sábado, alrededor de las once de la mañana, Ernesto recibió una postal de París y repentinamente comprendió todo. Comprendió que ella seguiría su viaje por el resto de su vida porque ése, no el de Ulises, era su destino. Comprendió que Amberes jamás había sido la nueva Ítaca, tan solo un punto más de un itinerario azaroso. Comprendió que él jamás había oficiado de Penélope, que su rol había sido tan solo el de magnífico imbécil engañado por el amor. Arrojó la postal al suelo, y bajo un pálido sol fue a caminar sin rumbo por las calles de la ciudad. Pensó que ya era hora de retornar a Bolivia. Se sintió en paz: la decepción había llegado, pero también la lucidez.

Pero apenas se encontró nuevamente en su departamento, a la hora del crepúsculo, la imagen de Nicola volvió a él con fuerza, y, tratando de contener las lágrimas, tuvo miedo del futuro.

Faulkner

A W.F.

Después de leer los letreros que anunciaban la cercanía de Natchez Trace, Jorge le dijo a su padre que se hallaban a punto de entrar en reserva y que lo más conveniente era llenar el tanque. Su padre asintió. Mientras me encuentre en este país, dijo, tú decides. Jorge lo miró por un instante y supo que no había caso, que a pesar de todas sus esperanzas él jamás cambiaría. Apenas vio una gasolinera, disminuyó la velocidad.

Una vez apagado el motor del Chevrolet Cavalier rojo, Jorge le preguntó a su padre si quería algo. Un paquete de Marlboros. Bajó del auto, llenó el tanque y entró a la tienda. Se acercó a la cajera, una obesa mujer que poseía, como única y suficiente belleza exterior, un par de ojos verdes de conmovedora, intensa dulzura.

–*Would that be all?* –preguntó ella. Jorge pidió un paquete de Marlboros. Luego pagó.

–*Have a nice day.*

–*You too* –respondió, saliendo de la tienda y retornando al Chevrolet. Hacía calor, la humedad adhería la camisa a su cuerpo, las nubes se habían ido disipando a medida que avanzaba la mañana. Gracias, dijo su padre, y encendió un cigarrillo. Jorge reanudó la marcha.

–Allá vamos, Willy –dijo.

Jorge obtenía en cuatro días el B.A. en periodismo y su padre había venido desde Bolivia para asistir a la ceremonia. Con lo poco por ver ya visto en Huntsville, la ciudad donde se hallaba su universidad, Jorge había propuesto viajar a Oxford, Misisipi, a conocer la ciudad de William Faulkner. Eran sólo cuatro horas de viaje. Su padre había aceptado. Jorge se había emocionado mucho con la idea, tanto que la tensa felicidad del reencuentro con su padre y de la cercana graduación habían pasado por un momento a segundo plano: siempre había querido visitar la ciudad (y siempre algo se lo había impedido) del escritor que más admiraba, del hombre cuyo ejemplo lo incitaba a consumirse en noches y madrugadas escribiendo y a soñar con tornarse escritor algún día. Pero ahora, en la Natchez Trace, rodeado de bosques de pinos y cada vez más cerca de Oxford, Faulkner se había escondido en algún recodo de su mente y sus pensamientos y sensaciones merodeaban en torno a su padre.

Repitiendo un gesto de adolescencia, lo miró de reojo. ¿Es que siempre lo tenía que mirar de reojo? Por un tiempo, después de recibir su llamado tres semanas atrás comunicándole que asistiría a su graduación, Jorge había pensado en la posibilidad de una reconciliación. Tiene que haber cambiado, se decía, después de todo, está viniendo. Hizo planes que incluían largas charlas en algún bar, al calor de buen jazz y cerveza de barril. Le contaría de sus planes y le preguntaría acerca de su vida: ¿cómo había sido su infancia? ¿Había participado en la revolución del 52? ¿Cómo había vivido su primer amor? ¿Y qué de sus años de exilio en Buenos Aires? ¿Todavía amaba a su madre? Eran tantas las cosas que podía preguntarle que se sintió avergonzado de saber tan poco de él: sí, había sido un imbécil incapaz del primer paso. Recordó la tarde en que había golpeado a la puerta cerrada de su despacho, y una voz quebrada le preguntó qué quería, y él dijo que si le podía dar algunos pesos para el cine, y la voz respondió que sí, por supuesto que sí, y cuando se abrió la puerta Jorge vio un rostro de inconsolable tristeza, pero al rato sintió las monedas en su mano y se despidió. Nunca más, hasta ahora, había vuelto a recordar aquel rostro.

La desolación era excesiva en Natchez Trace: uno que otro auto de rato en rato, una que otra ardilla. A los bordes del camino, en extraña y fascinante combinación, árboles secos color polvo, dignos del otoño, alternaban con el esplendor primaveral de árboles pródigos en verde. Jorge se hallaba cansado de manejar. Volvió a mirar a su padre que, en silencio, fumaba y contemplaba el paisaje. Pensó que si de algo estaba seguro era de no haber sido él el culpable del distanciamiento. Recordó el encuentro en el aeropuerto, el abrazo frugal, las escasas palabras; recordó los dos días siguientes hasta el día de hoy, el retorno de esa sensación de la inminencia de una comunicación que siempre tenía cuando se encontraba con su padre: comunicación que muy pocas veces se realizaba: en general, la elusividad los regía, las palabras no eran pronunciadas, los sentimientos no eran expresados. Él no lo hacía porque esperaba que su padre tomara la iniciativa. Y su padre, ¿por qué no lo hacía? Al venir hasta acá, ¿no lo había hecho? Esa había sido la primera conclusión, pero ahora Jorge no podía menos que pensar que su padre había decidido asistir a la graduación porque acaso creía que estaba obligado a estar presente en ella.

Y aquí estaban, pensó Jorge, alejados del país y sin intercambiar entre ellos nada más que lo necesario, acaso contando los minutos para que la ceremonia de graduación concluyera y ambos pudieran retomar sus vidas. Pensó increparlo, preguntarle qué cuernos le sucedía, si pensaba quedarse callado hasta el día de su entierro. Pero no, sabía que no lo haría: era incapaz de esos desbordes temperamentales. En ese instante, una idea lo estremeció: al reprimirse, ¿no ponía en movimiento una cualidad heredada de su padre? ¿No se parecía a él más de lo que se hallaba dispuesto a aceptar? ¿No se hallaban unidos por medio de una compleja relación especular? Y Jorge se imaginó a sí mismo dentro de veinte años, sentado en silencio y fumando al lado de su hijo, mientras éste manejaba un Chevrolet Cavalier rojo en dirección a Oxford.

—Hace años que no leo a Faulkner —dijo su padre—. Tengo muy buenos recuerdos de él. Un tiempo fue mi gran pasión.

—¿De veras? —dijo Jorge. Un Mazda los sobrepasó a gran velocidad; pudo distinguir que una mujer lo conducía.

—Fue en mis días de exiliado, cuando vivía en una pensión de quinta. Tú tuviste suerte. Yo no tenía un centavo para extras y mi compañero de cuarto era un cordobés que se la pasaba leyendo. Yo leía sus libros. Recuerdo un montón de novelas de Perry Mason y otro tanto de Faulkner, qué combinación. Perry Mason me gustaba mucho: lo leía y punto, todo se acababa ahí. Faulkner era otra cosa, difícil de entender, pero magnífico, magnífico. Y, ¿lo creerías?, hay frases e imágenes que jamás pude olvidar. Recuerdo, sobre todo, un personaje: Bayard Sartoris. Nunca olvidaré su melancolía, sus alocados viajes en auto, en caballo, en aeroplano... También recuerdo a Temple Drake, así creo que se llamaba, ¿no? Y el cuento de la mujer que dormía con el cadáver de su novio. Y ese otro, el del establo que se incendió y el chiquillo que no sabía si ser fiel a su padre, al llamado de la sangre de la familia, o a sí mismo.

Hizo una pausa.

—Oh sí, Faulkner, el gran Faulkner —continuó—. ¿Sabías que por unos días quise ser escritor? Sí, estoy hablando en serio, el prosaico ingeniero que tú ves aquí quiso un día ser escritor... Pero claro, lo único que hacía era remedar torpemente a Faulkner. Después de unos meses de hacer el ridículo, renuncié. Y, lo que es la vida, al año el cordobés se fue y nunca más volví a leer a Faulkner. Pensé hacerlo varias veces, pero nunca lo hice. Y ya ves, treinta años pasaron como si nada y jamás lo hice.

Jorge quiso decir algo. No supo qué.

—Tu pasión por Faulkner me hizo recordar mucho esos días —continuó su padre, que hablaba sin dejar de mirar hacia el horizonte—. Nunca me mostraste tus escritos, pero confío en que tú no renunciarás. Confío en que lo tuyo no es pasajero, y en que escribirás las cosas que yo no pude escribir. Y volverás a decir a todos, porque es necesario volverlo a decir de tiempo en tiempo, que entre el dolor y la nada es necesario elegir el dolor. Que amor y dolor son una misma cosa y quien paga barato por el amor se está engañando. Que no hay mejor cosa que estar vivos, aunque sea por el poco tiempo en que se nos ha prestado el aliento.

Jorge se desvió del camino y apagó el motor.

—Papá... —dijo—. ¿Me puedes mirar?

El padre, lentamente, giró el cuello y enfrentó sus ojos cafés a los ojos cafés de Jorge.

—Nuestra relación no ha sido precisamente ejemplar, ¿no?

—No tenía por qué haberlo sido. ¿Conoces alguna?

—Pero podía haber sido mejor.

—Podía.

—¿Ya es tarde?

—Hay cosas de las que es mejor no hablar.

—Te quiero mucho, papá. Muchísimo.

—Ya lo sé —dijo el padre, y le tomó el hombro derecho con la mano izquierda. Fue una caricia suave, fugaz—. Ahora vuelve a manejar.

—Me gustaría charlar un rato.

—Podemos charlar mientras manejas.

Jorge hizo una mueca de disgusto, encendió el motor y reanudó la marcha.

El disgusto, sin embargo, no duró mucho. Al rato, pensó que las cosas se habían dado de esa manera y que de nada valía lamentarse por lo no sucedido. No valía la pena amargarse por todas las palabras no pronunciadas y todos los sentimientos no expresados. Más bien, todo ello le daba más fuerza y significado a los escasos encuentros que se daban entre ellos. Habrá más Faulkners, se dijo. Es cuestión de excavar.

Enfrentando con la mirada la excesiva, intimidatoria belleza que los cercaba, Jorge dijo en voz alta que el día era muy hermoso.

—Sí —dijo su padre—. Muy hermoso.

Y Jorge esbozó una sonrisa ambigua, acaso sincera, acaso irónica.

La entrevista

Cuando se hallaba revisando periódicos pasados en busca de un artículo de un poeta amigo acerca de Fernando Pessoa, el escritor Jaime Zegarra se encontró con una entrevista al escritor Jaime Zegarra, acompañada en el costado superior derecho por el torpe dibujo del rostro familiar, la mirada huraña detrás de los gruesos cristales de los anteojos, la nariz prominente, el ceño fruncido. Por lo general nunca leía entrevistas (le daba nauseas la convencionalidad de las preguntas, la convencionalidad de las respuestas), y menos una suya, pero aquella mañana una intuición lo condujo a la lectura.

Fue sorteando sin pasión preguntas y respuestas. Las respuestas, lo había sabido de antemano, no daban una imagen siquiera cercana de Jaime Zegarra: era privilegio de ingenuos, de aprendices, contestar verdades a un periodista que se arrogaba el derecho de exigirlas a nombre de un público cuyos reales intereses residían en las páginas deportivas o en las secciones de finanzas o policial. Las respuestas eran parte de una fachada que, a lo sumo, le permitía al autor de *Asedios a la ausencia* crear uno más de esos característicos personajes, esos poco confiables individuos esforzados en inventarse vidas para los ojos de los demás con el esencial propósito de vivir, sin tener que dar explicaciones, la verdadera vida en un tiempo y una condición que se les antojaba intolerable.

Sin embargo, al final de la entrevista se encontró con una sorpresa. La última pregunta era: *¿Le tiene usted miedo a la muerte? Sí*, leyó la respuesta, *le tengo miedo. Mucho miedo. Es más, escribo para vencer a la muerte.* Zegarra se sacó los lentes y volvió a leer, una y otra vez, la pregunta y la respuesta finales. Pensó primero en un error de imprenta. Pero no, esa idea debía ser desechada: los errores de imprenta eran incorrecciones gramaticales o frases eliminadas por una distracción del fotógrafo; su respuesta, en cambio, era diferente tanto en forma como en contenido. Alguien la había alterado intencionalmente. Fue entonces que su imaginación recaló en la entrevistadora.

Ella era una principiante que merodeaba los veinte años y que parecía hallarse consciente de que su inexperiencia no la llevaría muy lejos con Zegarra. Desde las primeras preguntas había perdido la iniciativa y ni siquiera había intentado recuperarla, dejando que Zegarra dictara el tono de la entrevista. Dejando el periódico sobre el montón apilado en el suelo, al lado del sillón de su escritorio en que se encontraba sentado, Zegarra hizo un esfuerzo de concentración y trató de recordar el nombre (¿por qué diablos el artículo no mencionaba su nombre?). No, no recordaba su nombre, pero sí su nerviosismo en el temblor de la voz, su exagerado respeto por el hombre que tenía delante suyo (cada dos frases había pedido disculpas por su intromisión en la privacidad de Zegarra), la profusión de pecas y la cabellera negra formando una elegante cola de caballo que se deslizaba con armonía hacia la derecha de su rostro aniñado. También recordaba el cuerpo delgado y la escasez de talento en la combinación de colores de su vestimenta (un aire similar al de Patricia Eguren en *Sombras*, había pensado aquella vez. ¿Me habrá leído?).

Sí, ella rompía los moldes periodísticos nacionales y, al menos por la forma en que hablaba de sus libros, parecía haberlo leído con atención. Una buena porción de la entrevista, casi al final, había versado exclusivamente sobre sus estrategias narrativas y sus obsesiones temáticas, sin olvidar el tópico de las influencias (yo no tengo nada propio, había respondido con fingida modestia, recordando haber leído esa frase en alguna parte, yo no soy semilla sino terreno. Todos los escritores que he leído han sido semillas que al ir a dar a mi terreno han producido, combinadas al azar, una cosa muy diferente). Al final, sin embargo, la entrevista había retornado a cauces más trillados. *¿Usted le tiene miedo a la muerte? No*, dijo Zegarra en voz baja reviviendo su respuesta; *no le tengo miedo a la muerte. Curiosidad sí, como cuando uno está a punto de embarcar en un viaje que lo llevará por territorios desconocidos, pero no miedo. No miedo.*

Zegarra se levantó del sillón y salió al jardín. Fedro dormía en el pasto, indiferente a la fuerza del sol de mediodía. Mientras regaba los rosales y las cucardas, continuó pensando en ella. ¿Podía ser que, pese a su inexperiencia, ella había logrado leer entre líneas y escuchar al verdadero Jaime Zegarra mientras el que Jaime Zegarra creía que era el verdadero Jaime Zegarra se entretenía creando un falso Jaime Zegarra? ¿Podía ser? Por ahora aceptemos que eso sucedió, teorizó Zegarra; pero entonces, ¿por qué diablos ella no había alterado toda la entrevista y colocado en lugar de las respuestas escuchadas las leídas entre líneas? ¿Por qué sólo había cambiado una? En ese momento, epifánico, sucedió la revelación: porque las preguntas y las respuestas en torno a la muerte eran las únicas que importaban. Porque ella definía la condición humana y reducía todo lo demás a la intrascendencia. Y porque, se dijo mientras dejaba de regar, acariciaba a Fedro e ingresaba en el escritorio, la respuesta que había entendido la entrevistadora (¡memoria, devuélveme su nombre!) era una verdad que, negada, reprimida día tras día desde los 19 años —un accidente de auto, el rostro carbonizado de su hermano, la sirena de la ambulancia en la noche—, le había permitido alcanzar los 56.

Las campanas de la iglesia de la Recoleta anunciaron las doce. Zegarra extrajo de los estantes atiborrados de libros sus siete novelas y tres colecciones de cuentos, y los colocó sobre su mesa de trabajo, al lado del manuscrito de la novela en que se hallaba trabajando. Con el corazón en rítmico, febril avance, leyó los títulos, leyó las contratapas; se detuvo en las dedicatorias, leyó párrafos que apenas recordaba. ¿Qué escritor, pensó mirando una foto suya de juventud en el margen interior de una contratapa, había dicho que a veces era necesario escribir una novela de 300 páginas para esconder entre éstas una frase, una sola frase de valor? Zegarra sintió que había realizado un camino paralelo pero inverso, que había escrito diez libros para que esa hemorragia incesante de frases le impidiera escribir la única frase de valor: aquella que confesaba su atroz temor a la muerte.

Y ahora qué, murmuró con melancolía. Su mirada recorrió los libros y el manuscrito en la mesa. Se desharía de ellos, decidió con una calma tan exagerada que dejaba traslucir al instante su falsedad, el vano, orgulloso intento de un hombre por sonreír con dignidad ante la derrota. Se desharía de ellos, y renunciaría a la escritura: si el secreto había sido develado, ¿para qué continuar?

Reflexionando, Jaime Zegarra vio que aquella solución era la correcta, y entonces se acercó a los ventanales de su escritorio y los abrió de par en par después de haber descorrido las cortinas: un torrente de día penetró en la habitación. Apoyó las manos en el marco inferior de uno de los ventanales y se dejó impregnar por el profundo olor a resina que desprendía el pequeño sauce llorón del jardín. Permaneció en esa posición hasta la una de la tarde, hora en que su hijo mayor le tocó el hombro y le dijo que el almuerzo estaba servido.

Por un instante, vio en el rostro de su hijo el rostro de su hermano, y le dijo, ya voy, Eduardo. Luego el rostro se desfiguró y retornó el rostro de su hijo. Se corrigió y dijo, ya voy, Dieguito.

Biografías

A Adolfo Cáceres Romero

Desde niña, Reneé Zamora se sintió fascinada por la figura de Valdovinos. Aún no sabía qué era la política pero ya podía percibir, desde las fotos en los periódicos, las imágenes en la televisión o la ríspida voz en la radio, el carisma del hombre alto, flaco, de lentes de armadura de carey, una pequeña cicatriz en la frente y el rostro huesudo, atravesado de determinación. Sus padres votaban siempre por él y en muchos desayunos y almuerzos los oyó hablar maravillados de sus cualidades de líder, estadista, intelectual, político insobornable, exaltado nacionalista: ésa fue la primera versión que supo de él.

Ya adolescente, en clases de historia en el colegio, se enteró con pasmo de algunas acciones de Valdovinos que vinieron a contrariar la imagen que tenía de él: las traiciones que había cometido con diversos compañeros en su afán por escalar con rapidez a posiciones de jerarquía en el partido; el haber organizado un grupo de paramilitares para combatir a la oposición cuando su partido se encaramó al poder por vez primera, allá por los años 40; los millonarios negocios en que se había involucrado como ministro de economía. Le costaba integrar esas acciones bajo el común denominador del hombre considerado como uno de los principales teóricos de la

Revolución que había transformado por completo las estructuras del país, el hombre amado por el pueblo y respetado por sus opositores, el hombre que era un orgullo nacional y un ejemplo de civismo. Ambas versiones no podían ser ciertas a la vez, se decía Reneé. Fue en ese tiempo, alrededor de los quince años, que ella adquirió el hábito de leer todos los libros y artículos en torno a Valdovinos, y de preguntar al que pudiera acerca de él. De ese modo, la heterogeneidad continuó creciendo.

Cuando terminó el colegio ya Valdovinos era una obsesión para Reneé. Su habitación abundaba en pósters y fotos de él (una, autografiada, producto de un viaje a La Paz y una vigilia de tres días a las puertas del Palacio Quemado), su biblioteca era prácticamente monotemática (*Valdovinos y la Revolución Nacional, El rol de Valdovinos en la búsqueda de la identidad boliviana, Valdovinos y los militares: historia de una extraña amistad, Valdovinos el exterminador, El soñador del Altiplano*...), sus escritos citaban sus frases parágrafo tras parágrafo: "Si no hacemos algo Bolivia se nos muere"; "éste es un país de vencedores"; "la solución está en nosotros mismos"; "sin ustedes yo no soy nadie"; fue esa obsesión, más que nada, quien la impulsó a estudiar historia. Soñaba con escribir algún día la definitiva biografía de Valdovinos, la que desprendería la realidad de la leyenda, la que revelaría sus más profundas ambiciones, lo que había de auténtico o falso detrás del caparazón de sus actos y sus frases. Aunque hubiera preferido que el Valdovinos de su infancia hubiera sobrevivido incólume, amaba más la verdad que las virtudes de una imagen falsa. "Soñadora con los pies en la tierra", la llamaba su madre, vanagloriándose de haber sido de ella de quien Reneé había heredado esa cualidad.

A los 24 años, a menos de una semana de haber obtenido la licenciatura en historia, Reneé inició oficialmente su labor; extraoficialmente, ya la había iniciado casi diez años atrás y había plasmado un primer acercamiento en su tesis de grado: las fichas que había acumulado sobre el tema sobrepasaban las 700. Lo primero que intentó fue entrevistar a Valdovinos, pero no tardó en descubrir que ello era imposible: Valdovinos se había retirado de la política dos años atrás y vivía recluido en una finca en los Yungas, con una amante venezolana y sin conceder entrevistas a nadie. Entonces, debió recurrir a políticos que habían compartido la arena nacional con él, compañeros y opositores. Habló con historiadores, escritores, científicos, militares, dirigentes sindicales, periodistas, politólogos, familiares, ex esposas, amigos íntimos, profesionales, obreros, mineros, campesinos. Año tras año recorrió archivos privados y del estado, hemerotecas, museos y bibliotecas, y viajó a las regiones más remotas del país guiada por pistas inciertas y corazonadas de tres de la mañana; incluso, gracias al financiamiento de sus padres, viajó a Austin, donde pasó tardes y tardes en el Benson Center de la Universidad de Texas, consultando valiosos papeles oficiales que el gobierno de Bolivia ya había dado por perdidos. Así llegó a los 30 años, sin haber escrito aún una sola línea de la biografía. Había logrado separar la realidad de la leyenda, pero eso no era suficiente.

¿Por qué no podía comenzarla? Para Reneé, el problema radicaba en su incapacidad para someter a una única coherencia las dispersiones que había descubierto en la realidad. Cada nuevo día le ofrecía nuevos Valdovinos, semejantes entre sí pero distintos. En la universidad le habían enseñado que con mucho trabajo de investigación, lógica, paciencia, capacidad analítica, crítica, y un agudo sentido de observación podía reconstruirse y hacerse inteligible la historia de un hombre, de una sociedad, de una civilización, incluso del universo; las respuestas a los porqués se resistían a aparecer, pero tarde o temprano lo hacían. Con Valdovinos, su queja no estribaba en la ausencia de respuestas sino en la profusión de ellas. Así, Reneé se sentía parte de un territorio habitado nada más que por ella y por un infinito número de Valdovinos.

Fue después del regreso de Texas que sus padres y amigos comenzaron a preocuparse en serio por ella. Hasta entonces, su obsesión había sido sólo objeto de bromas crueles a sus espaldas; las pesadillas recurrentes, los ataques de histeria, las noches de insomnio, el descuido de su apariencia física los motivaron a intervenir. Sugirieron que visitara a un médico; no lo hizo, pero aceptó volver a vivir con sus padres. Un lapso de paz sobrevino, como el que sucede en medio de una enfermedad fatal antes del ataque definitivo. En ese periodo, Reneé hizo cosas que no había hecho en más de una década: salir con hombres interesados en ella, leer los poemas de Cerruto, bañarse desnuda a la medianoche en la laguna a tres cuadras de su casa, ir a misa, comer en la madrugada api con empanadas en el mercado.

La muerte de Valdovinos interrumpió todo ello; sus padres y sus amigos temieron los alcances de su reacción; ella, por toda respuesta, se encerró aquel día en su habitación sin pronunciar una sola palabra, sin derramar una sola lágrima. A la mañana siguiente, a la misma hora en que Valdovinos era enterrado en La Paz, se dirigió a una librería y se proveyó de blocks de papel sábana, lapiceros y borradores. Esa tarde lluviosa inició la escritura de la biografía de Valdovinos.

Trabajó casi sin interrupciones, sin salir de la casa de sus padres más que para ir a la hemeroteca de la Casa de la Cultura o a las librerías en busca de nuevos libros acerca de Valdovinos, durante siete años. Poco a poco fue quedándose sin amigos; al final, los únicos lazos que le sobrevivían eran sus padres, que la mantenían pese al sacrificio que les significaba, y una ex compañera de curso que de cuando en cuando aparecía con pasteles a la hora del té. Su aspecto físico era lamentable: la dejadez presidía sus ropas sucias, sus uñas mordidas, su cabellera castaña cortada con desdén, sus ojeras exageradas, su tez pálida, su rostro huesudo, su cuerpo esmirriado. Poco a poco, Reneé se extinguía.

Una mañana, ella apareció en las oficinas de la editorial *Los Amigos del Libro* y pidió hablar con el director. Llevaba un bulto pesado entre las manos. El director la recibió; era un hombre joven, de tez morena y profuso pelo negro que, sin mirarla, mientras revisaba el balance del mes, le preguntó en qué la podía ayudar. Ella depositó el bulto sobre su mesa. El director interrumpió su labor, la miró. Qué es, preguntó. Ella, mordiéndose las uñas, le explicó. Eran nueve manuscritos. Eran nueve biografías que ella había escrito. ¿Nueve copias de una biografía?, interrogó el director. No; nueve biografías diferentes. ¿De nueve personas diferentes? No; todas eran biografías de Raúl Valdovinos. El encendió su pipa y, después de la primera bocanada, los rasgos de su rostro sin poder todavía difuminar la sorpresa, dijo que no entendía. No entiendo, dijo dos veces más. Al mismo tiempo, reparó por primera vez en el rostro estragado, el desamparo en los ojos, el descuido en las ropas.

Ella intentó una explicación, pero no lo hizo en forma fluida ni con claridad. Entre balbuceos, palabras entrecortadas y frases inconclusas, el director dedujo que ella creía que Raúl Valdovinos había sido una figura tan fascinante, compleja y contradictoria, que cada uno de sus actos e ideas podía ser interpretado de múltiples maneras: Valdovinos el corrupto, Valdovinos el incorruptible, Valdovinos el ferviente nacionalista, Valdovinos el traidor, Valdovinos el revolucionario, Valdovinos el conservador, Valdovinos el hombre del pueblo, Valdovinos el defensor de los privilegios de la elite... Ella había intentado domesticar la multitud, ampararla bajo el carácter de un solo Valdovinos, pero había fracasado en el intento. Al final, había decidido interpretar los hechos de todas las formas posibles y escribir todas las biografías posibles a que ello diera lugar.

El director la escuchó con atención; luego, le pidió que escogiera, entre las nueve biografías, la que le pareciera mejor, que la haría leer y vería si era o no digna de publicación. Reneé hizo un rostro de furia y alzó la voz: esto no era una lotería, las nueve biografías merecían ser publicadas, ya se arrepentiría de su estupidez. Alzó el bulto de la mesa, lo apretó contra su cuerpo, salió dando un portazo. Gente rara, dijo el director y retornó a la revisión del balance.

Después de aquel incidente la reclusión de Reneé se tornó más extrema: dejó de recibir a su única amiga, redujo las conversaciones con sus padres a diálogos monosilábicos, y no volvió a abandonar su habitación más que por exclusivas razones de alimentación e higiene, ambas actividades practicadas en forma mínima y discontinua. Vivió así durante cuatro años, hasta el día en que se cortó las venas y se derrumbó para siempre sobre su escritorio y la sangre incesante manchó las páginas pulcras del manuscrito que no había logrado finalizar, la biografía número trece del hombre alto, flaco, de voz ríspida y una pequeña cicatriz en la frente.